「うん。しっくりくる。うう～……冒険したくなってきました！」
プリマヴェーラ（プリム）

そこに、なぜかプリムたちがいた。
カグヤ
ダニエル
「え、プリム？　あれ、髪切った？」
ヴァルフレア（フレア）

プリム
アイシェラ
シラヌイ
「は、はい。って、ふ……フレア？　え、なぜここに」

「来たわね、フレア」
「み……ミカちゃん」
ミカエル
聖天使教会十二使徒筆頭
炎の使い手

地獄の業火で焼かれ続けた少年。最強の炎使いとなって復活する。

3

さとう
皿 鍋島テツヒロ
Story by satou
Art by nabeshima tetsuhiro

CONTENTS

デザイン：AFTERGLOW　イラスト：鍋島テツヒロ

第一章　裏切りの堕天使『癒《いやし》』のガブリエル

ブルーサファイア王国・ギーシュの別荘。

現在、ここはプリムとアイシェラの仮自宅となっている。フレアが出発してから、プリムとアイシェラはようやくここの生活にも慣れてきた。

そして今日。プリムとアイシェラはお客様をお茶に招き、家の所有者でもあるギーシュも誘った。

ギーシュは、町で女友達でもできたのかと思い、軽い気持ちで別荘へ……そして。

「ああ、ようやく来たねギーシュの坊。ほれさっさと来な、お茶の時間さね。プリム、紅茶はミルクと砂糖たっぷりで生クリームを忘れんじゃないよ」

「は、はい」

「アイシェラ、あんたは茶菓子を用意しな。ケーキがあっただろう？」

「う、うむ……承知した」

そこにいたのは、杖《つえ》を持った老婆だった。

外見は九十を超えていそうな老婆だったが、そこに弱々しさなど微塵《みじん》も感じない。

それもそのはず。この老婆は只者《ただもの》ではない。このブルーサファイア王国を陰から支えてきた『堕天使』の一人、ガブリエルなのだから。

当然、ギーシュはガブリエルの顔を知っていた。

「ががが、ガブリエル様……⁉　なな、なぜここに」

「あん？　決まってんだろ。プリムのお茶会に呼ばれたから来たのさ。なんだいあんた、あたしがここに来ると何か都合でも悪いのかい？」

「めめ、滅相もない‼」

「ならさっさと座んな。突っ立ってると迷惑さね。あと護衛、鬱陶しいから消えな」

ガブリエルが杖で床をトンと突く。それだけでギーシュの護衛はガクンと項垂《うなだ》れ、まるで操られているかのように部屋を出た。

こうして、お茶会が始まった。

ギーシュはダラダラ汗を流し、甘すぎて胸焼けしそうな紅茶を飲む。甘すぎるのだが、今のギーシュには味がよくわからない。

ガブリエルは紅茶を飲み干すとニヤッと笑った。

「ほお、いい味さね。プリム、なかなかやるじゃないか」

「あ、ありがとうございます‼」

「ふふ。可愛《かわい》いねぇ……よし決めた。プリム、あんたは今日からあたしの孫だ。ギーシュ、手続きは頼むよ」

「「「え」」」

驚愕《きょうがく》する三人を置いてガブリエルは続ける。

「プリム、あんた住所がないんだろう？　あたしの孫になれば万事解決さね。使ってない家もくれてやるし、たまーにあたしの相手をしておくれ」

「ちょちょちょ、がが、ガブリエル様⁉　おお、お待ちください‼」

ギーシュは慌てて止める。それもそのはず、ガブリエルの言うことは、これまでのギーシュの努力が全て水泡に帰す行為である。

「その、手続きがありますし」

「それをやれって言ってんだよ。あんたが使えないならあたしが王に言うだけさね。プリムをあたしの孫にするからね……ってね」

ガブリエルは、ブルーサファイア国王を子供の頃から知っている。この国を天使の脅威から救ったこともあるし、ガブリエルという後ろ盾があるからブルーサファイア王国は発展してきた。

ギーシュはガブリエルの存在こそ知っていたが、ここ数十年、政治的なことには一切口出ししないし隠居していると、父も兄も言っていた。

まさか、ガブリエルがギーシュに接触。しかもプリム絡みでこんなにもグイグイ来るなんて想像すらしていなかった。しかし、ガブリエルを敵に回すわけにはいかない。

「……わ、わかり、ました」

「じゃ、頼むよ」

「……はい」

ギーシュは深く項垂れ、甘ったるい紅茶を飲み干した。

「おい」

「え？」

「あたしは、頼むって言ったんだ。さっさと仕事しな‼」

「ひぃぃぃっ⁉　はは、はいっ‼」

ギーシュは慌てて別荘を出発した。

プリムとアイシェラは完全に置いてきぼりだった。

「あ、あの……さすがに可哀想《かわいそう》というか」

「いいのさ。ああいう有能そうなガキは叱られたこともないまま大人になっちまう。ケツ叩《たた》いてまっすぐ伸ばさないと歪《ゆが》んじまうのさね」

「なるほど……流石《さすが》ですな、ガブリエル殿」

アイシェラは、プリムが安心して暮らせる場を提供してくれるガブリエルに敬意を持って接していた。最初こそ印象が悪かったが、話をしているうちにわかったのだ。この人は信用できると。

「さーて、これで安心して暮らせるね。あたしの家をくれてやるから好きに使いな。場所は……」

ガブリエルの自宅の場所を聞き、プリムとアイシェラは荷造りをして家を出た。

ギーシュの別荘から馬車で一時間ほどの場所にある、二階建ての簡素な家だった。裏手が砂浜で、プライベートビーチになっている。

馬車から降りて荷物を降ろし、ガブリエルと一緒に家の中へ。

「あの、本当に……」

「構わないさ。昔にもらってほとんど使ってないからね」

それにしては綺麗《きれい》に掃除されている。人の手が入っているのは間違いない。

ガブリエルはソファにどっかり座り、プリムとアイシェラも座った。

「あの……どうしてここまでしてくれるんですか？」

当然の疑問だ。カフェで出会ってからまだ数日しか経っていない。天使ということも驚いたが敵意はないし、ホワイトパール王国の事情を話しても『そうかい』しか言わない。ギーシュの別荘に住んでることを話すと少しだけ考え込み、『わかった。じゃあ茶を飲みに行くよ』とだけ言った。

その結果。プリムはガブリエルの孫になり、あっさりと自由になった。

「別に。あんたが気に入ったって言葉に嘘はないよ。あたしと妹の力を僅かに受け継いでるあんたは他人とは思えなくてね」

「……お嬢様が、天使の？」

「そうさね。たまーにいるのさ、天使の力を僅かに持つ人間がね。『半天使』……ああ、人間は『特異種』って呼んでるのか」

「……私が」

「そう。あんたはあたしの『癒《いやし》』と妹の『水』属性を持つ。怪我《けが》の治療に特化している能力を持っているようだね……ふん、ジブリールの『水』が濃いみたいだ。病気より怪我を治すのが得意だね？」

「は、はい。その……『神癒《かむい》』って呼んでます」

「はは、いい名じゃないか」

いろいろな事実に驚きつつも、プリムたちはガブリエルの厚意に甘えることにした。

あとはフレアの帰還を待ち、冒険に出発するだけなのだが、ガブリエルは言う。

「さて、あんたたちに頼みがあるんだけど……受けてくれるかい？」

ここまでしてくれた恩人の頼みを、断れるはずもない。プリムは頷《うなず》く。

「簡単なお使いでね、手紙を届けてほしいのさね」

「ああ。昔馴染《むかしなじ》みにね」

「て、手紙……？」

ガブリエルが指を鳴らすとテーブルの上に小さな魔法陣が展開され、丸めた羊皮紙が入った筒が現れた。ガブリエルはそれを手に取り、プリムに渡す。

「これをイエロートパーズ王国に住んでるダニエルに届けておくれ。あのバカ、強いくせにビビりで連絡手段を断っちまってね……直接行くしかないのさ」

「だ、ダニエルさん、ですか？」

「ああ。あたしと同じ堕天使さ」

堕天使。聖天使教会を裏切った八人の天使。そのうちの一人に手紙を届ける。

プリムはゴクリと唾をのむ。

「船の手配と案内人は付けるよ。おーいネコミミ‼　こっち来な‼」

ネコミミ？　という疑問はすぐに解決した。

「ネコミミって言うにゃ‼　うちはクロネにゃん‼」

「クロネニャン、仕事だよ。プリムたちをイエロートパーズ王国に案内しな」

「ク・ロ・ネ!!　クロネ!!　クロネが名前……あれ、あんたら」

「く、クロネ⁉」

「おや、知り合いかい？」

なんと、暗殺者《アサシン》クロネがエプロンに三角巾を被《かぶ》って掃除をしていたのである。

久しぶりの再会なのだが、気になることが多すぎる。

「き、貴様。ここで何をしているのだ？」

「………別に」

「ああ、このネコミミ、この家が空き家だと勘違いして入ったようでね、ちょうどよく小間使いが欲しかったから捕まえたのさ」

「にゃうん……」

クロネのネコミミが萎《しお》れてしまった。

話を聞くと、逃げようとすると全身が痺《しび》れて動けなくなる魔法をかけられたようだ。

「知り合いならちょうどいい。ネコミミ、この二人をイエロートパーズ王国まで案内しな。それが終わったら呪いを解いてやる」

「にゃんですと⁉　い、イエロートパーズ王国って魔法使いの国にゃん!!　あそこは獣人差別もあるヤバい国にゃん、行きたくないにゃん!!」

「ならあと十年、しっかり償いをしな。あたしがこき使ってやる」

「にゃひっ⁉　うぅ……わ、わかったにゃん」

クロネのネコミミは萎れたままだ。

ガブリエルが指を鳴らすと、プリムの身体《からだ》が一瞬だけ淡く輝く。

「わわ、これは？」

「少し、あたしの力を上乗せした。怪我だけじゃなく病気も治せるようにしておいたよ。それとこのネコミミを逃がさないための『鎖』をあんたに移した。あんたに害を為そうとしたり逃げようとすれば全身に電気が流れるからね」

「にゃうぅん……」

さらに、ガブリエルは金貨の入った袋を置く。

「支度金さね。これで装備を整えな。出発は三日後、港に船を用意しておくからね。ネコミミ、イエロートパーズ王国の基礎的な知識を教えてやりな」

「わかったにゃん……こうなったらやってやるにゃん」

「じゃ、頼んだよ。期限はないからゆっくり遊びながら行くといいさ」

そう言って、ガブリエルは家を出た。すると部屋は静寂に包まれる。

クロネがソファにダイブし、足をパタパタさせながらプリムに言った。

「よかったにゃん。あんたら、冒険に出れるにゃん。しかも目的地がイエロートパーズ王国……大冒険にゃん」

アイシェラは首を傾げる。

「イエロートパーズ王国……確か、魔法の国」

「そうにゃん。閉鎖的な王国で外部からの入国は殆《ほとん》どないにゃん。魔法適性のある者と、年に一度の物資輸入船のみ入国できるにゃん」

「そこに行くんですよね……大丈夫かな。それに、フレアもまだ到着してないし」

「仕方ない。ふふふ……お、お嬢様と旅行、あいつのいない旅行……うふふひひ」

「アイシェラ、気持ち悪い」

「うちもいるんだけどにゃん……」

アイシェラは気味の悪い笑みを浮かべていた。

こうして、プリムとアイシェラ、そしてクロネの旅が始まろうとしていた。

第二章　迷子になったフレアとカグヤ

レッドルビー王国を出発して数日……俺とカグヤは険悪だった。

「お前が先を進んでただろうが!!」

「最初の方向を示したのはアンタでしょ!?　アタシのせいにしないでよ!!」

「ふざけんな!!　お前が俺の後ろを歩くの嫌だって言うから先に行かせたんだぞ!?　それなのに」

「うっさい!!　つーか、そもそも回り道なんてする必要ないじゃん!!　最初みたいに森を抜けて行けば簡単に戻れたのに!!」

「だーかーらー!!　ブルーサファイア王国行きの船は違う港から出るってレイチェルが言ってただろうが。少しは話を聞けよこのバカ!!」

「誰がバカよ誰が!!」

　と、俺はカグヤを怒鳴り、カグヤもまた怒鳴る。

　シラヌイは心配そうに鳴くが言わないと駄目だ。なぜなら、俺とカグヤは、砂漠のど真ん中で迷子になっていたからだ。

「あぁもう……ブルーサファイア王国行きの船、間に合うかな」

「ふん。間に合わなかったら別便で行けばいいでしょ」

「あのなー……お前、マジで話聞いとけよ。ブルーサファイア王国行きの船は三十日に一回しか出ないんだぞ？　それをダルツォルネのおっさんが取り計らって、五日後の貿易船に乗せてもらえるようになったんだ。本来ならあと二十日はここで足止め喰《く》らうはずだったんだからな」

レッドルビー王国から貿易船の出る港まで三日ほど。でも、すでに三日が経過してしまった。どこにいるかもわからないのに、二日後出航の貿易船に乗れるのだろうか。

「はぁ……どうすっかな」

「ふん。要は港に行けばいいんでしょ？」

「……そうだけど」

「じゃあアタシに任せなさいよ。どこにいるかわからないなら、わかる場所から眺めればいいのよ」

カグヤは右足を高く上げ左足で跳躍。そのまま右足を思いきり振り下ろし砂地に突き刺す。そして足を伸ばし、砂中を掘り進み、右足は膝下くらいまで埋まってしまう。

「こんなもんかな」

「な、何してんだ？」

「ま、見てなさい」

次の瞬間————カグヤの右足が思いきり伸びた。

そのまま、ぐんぐんぐんぐんと伸び……カグヤは遥《はる》か上空へ。

そうか、上から眺めて海のある方向を見ようってのか。

「やるな。つーか、できるなら最初からやれっての」

『わぅん』

俺はシラヌイを撫《な》で、豆粒よりも小さなカグヤを見上げる。

「どうだーっ⁉」

『あっちに海が見えるーっ‼　町っぽいのもあるわーっ‼』

と、小さな声が聞こえてきた。そして、カグヤの右足がスルスルと縮んでいく。

「ふぅ……あっちよ。あっちにまっすぐ行けば町に着く」

「……信じるからな」

俺、カグヤ、シラヌイは、カグヤの指差した方向に歩きだした。

◇◇◇◇◇◇

夜。適当な岩場を見つけて野営する。

油分の多い魔獣の爪に火を付けて焚火《たきび》代わりにする。木がない砂漠では魔獣の爪を燃やして暖を取るのが当たり前なのだ。と、レイチェルが言っていた。

砂サソリの住む岩場だったので夕食には困らなかった。サソリを捕まえて毒針を抜き、串に刺して焼くとパリパリコリコリでめっちゃ美味い。

オアシスはないので水筒の水を大事に飲む。オアシス自体はけっこうあるみたいだけど、運が悪くこの辺りにはなかった……残念。

折り畳みテントではカグヤとシラヌイが寝ている。見張りは交代制で三時間後がカグヤの番だ。

俺は水を飲み、装備を外した。

「道具は手入れが大事って言ってたしな」

両腕の仕込みブレード、カガリビの『回転式』、そしてグラブとレガース。

手入れ用の道具を出し、さっそく手入れをする。

「まずはブレード……」

これをくれた雑貨屋の婆ちゃん、元気かな。

手首を上に反らすと飛び出すブレード。これにはお世話になってる。

剣を受け止めたり、魔獣の心臓を突いたり、蔦《つた》やロープを切るのにも使ってる。

分解し、汚れを拭きとり砂を取る。何度もやってるから慣れた。

「……へぇ～、器用じゃん」

「ん、なんだ？　寝ないのか？」

「カチャカチャうるさいから起きちゃった。見てていい？」

「いいけど……あと二時間で交代だからな」

「はいはい。修行時代、断食や不眠の行もあったから数日くらいなら寝なくても平気よ」

流派は違うけどどこも似たような修行してるんだな。

カグヤは分解したパーツを見て言う。

「前から気になってたけど、この武器……オリハルコン製ね」

「オリハルコン?」

「ええ。難しいことはよくわかんないけど、めっちゃ硬い希少な金属。前にオリハルコン製の剣を持った奴と戦ってね、すっごく硬くてアタシの蹴りでも折れなかったからよく覚えてる」

「強かったのか?」

「まさか。金にモノを言わせた成金よ。大したことなかったわ」

「ふーん……」

会話しながら手を動かす。カグヤは気になるのか、顔を近づけてきた……邪魔だな。

「へぇ～……これ、ネジから小さな部品まで全部がオリハルコン製じゃん。よっぽどのことがない限り壊れないいんじゃない?」

「だな。かなり助かってるよ」

俺はブレードを研ぐ。切れ味はそれほどでもないが、先端が鋭いので突き刺すのに向いている。

手入れを終え、再び組み上げ……終わり。

回転式も分解し磨く。こっちはそんなに使ってないので簡単に終わった。

最後は、愛用のグラブとレガース。先生が残した大事な武器だ。

「これもけっこういいやつよね」

「ああ。呪術を増幅する効果がある」

呪闘具『ケイオス』だ。

グラブとレガースのセットで、先生が刻んだ呪語が刻まれている。解読してみると『増幅《ぞうふく》』と

『不壊《ふかい》』の効果があった。呪術を増幅し、武具は壊れることがない。

しっかり磨き、手入れをする。

「うし、終わり」

「……なんかアタシも手入れしたくなった。ねぇ、道具貸してよ」

「いいぞ。そのレガースか？」

「うん。神風流《かみかぜりゅう》皆伝の証《あかし》で『神風零式《ぜろしき》・甲脚《こうきゃく》』っていうの。ちなみにこれもオリハルコン製」

「へぇ～、かっこいいな」

「でしょ!!」

武具を褒められて喜ばない奴はいない。カグヤは一気に上機嫌だ。

この日、俺とカグヤは寝ずに話をした。武具のこと、流派のことで盛り上がり、身体が疼《うず》いてきたので模擬戦なんかもした。

気が付くと朝……砂サソリを捕まえ、起きたシラヌイと一緒に朝飯を食べた。

◇◇◇◇◇◇

カグヤの言う方向に進むこと二日。ようやく町が見えたが……俺とカグヤは焦る。

「やっべぇ!!　船どれだ船!!」

「えーと、あれ!!　あ、ヤバい!!　もう出てる!!」

カグヤの言うとおり港町はあった。だが、進むのに思いのほか時間がかかったのだ。

港町でメシを食うなんて話してたのが数時間前。到着するなり俺たちは走りだす……なぜなら、船はもう動き出していた。

栈橋まで一気に走る俺たちは、栈橋前にいた船乗りっぽい奴に聞いた。

「あ、あれ、あの船!!　あれ貿易船か？」

「ああ、そうだよ」

「お、俺たち、あれに乗るんだ!!　乗っていい!?」

「お、おお……でも、行っちまったぞ」

「カグヤ、シラヌイ、行くぞ!!」

「命令すんな!!」

『わんわん!!』

カグヤはシラヌイを摑《つか》み跳躍。俺は炎を噴射して飛ぶ。

貿易船までの距離は百メートルほど。俺たちなら問題ない。

「神風流、『空走《からばしり》』!!」

カグヤは空中を蹴って移動。すっげぇ、どうやってるのか気になる。

そして、船の甲板に着地。めちゃくちゃ目立ったがなんとか乗り込むことができた。

「あっぶねぇ……余裕かましすぎたな」

「え、ええ……空から見るのと実際に歩くのじゃ全然違うわ」

「あーあ。港町でメシ……って、なんか目立ってるな」

甲板には大勢いたので目立っている……しかも、年齢層がかなり若い。

ジロジロ見られるのが嫌だったので移動。乗組員にメシ食えるかどうか聞くと、船の地下に売店があるらしい。

さっそく下へ向かうと、大勢の人でにぎわっていた。

「お腹減ったぁ……」

「俺も。なんか適当に食べて休もうぜ」

『わぅん』

適当に買い物をし、近くのベンチで完食。船の一階が大広間になっていて、俺とカグヤは寝転んだ。周りにはけっこうな人が休んだり本を読んだりしている。

「はぁ～……満腹」

「ねぇ、アタシ寝たい……」

「俺も寝たい……シラヌイ、いいか？」

『わんわんっ‼』

シラヌイに監視を任せ、俺とカグヤは目を閉じた。

◇◇◇◇◇◇

最初に言っておく。俺とカグヤは本当に油断していた。

「くぁぁ～……あぁん？　もう朝か？」

『わぅん』

「ああ、ありがとなシラヌイ。よしよし」

『くぅぅん』

どうやら、けっこう寝てしまったようだ。

カグヤもゆっくり眼を開け、大きく伸びをしながら起きた。

「はぁ～……よく寝た。着いた？」

「まだ。外出てみるか」

甲板に出ると、まだ海の上だった。

そういえば、どのくらいでブルーサファイア王国に到着するか聞いてなかった。

俺は近くにいた乗組員に聞いてみる。

「あの、すみません。あとどのくらいで到着します？」

「ん、そうだな……あと三日ってところだ。お前さん、船に乗り遅れそうになった奴だろ？」

「あはは。お騒がせして申し訳ないです」

「いいさ。それより気を付けな。ここは目立つと睨《にら》まれるからよ」

首を傾げると、船乗りは言った。

「イエロートパーズ王国は実力至上主義だ。睨まれるとあっけなく潰されるぜ」

えっと……イエロートパーズ王国？

ちょっと意味がわからずさらに首を傾げる。すると、カグヤが青ざめる。

「ね、ねぇ……なんか、嫌な予感するんだけど」

「は？」

「この船、どこに向かってるの？」

「どこって、ブルーサファイア王国だろ？」

そう言うと、今度は船乗りが首を傾げた。

「ブルーサファイア王国？　おいおい、この船はイエロートパーズ王国行きだぜ？」

「「……え？」」

えー、完全に油断していました。

俺とカグヤは、乗る船を間違えてイエロートパーズ王国に向かっていた。

第三章　船上は戦場

魔法使いの王国イエロートパーズ。

この船は一年に一度、イエロートパーズ王国に物資を届ける船らしい。閉鎖的な国で他国と殆《ほとん》ど貿易をしていないという理由もあるけど、一番の理由はイエロートパーズ王国への海路が安定するのが一年に一度しかないからだ。

俺とカグヤは、間違えてイエロートパーズ王国行きの船に乗ってしまった。しかも、イエロートパーズ王国からブルーサファイア王国へ向かう船はない。

船乗りから聞いた話はこんなところだ。ちなみに、この船に乗っているのは殆どがイエロートパーズ王国の魔法学園とやらに入学する魔法使いの卵らしい。

甲板の柵にもたれかかり、俺はカグヤに聞いた。

「お前、魔法使える？」

「無理。魔法使いと戦ったことはあるけど、詠唱してる隙に顎を蹴り砕いてやったわ」

ま、俺も似たようなもんだ。レッドルビー王国で魔法使いと戦ったけど、魔法は炎で相殺して呪いを叩《たた》き込んでやった。

「めっちゃ面白そうだけど……プリムに悪いことしたな」

「で、どうすんの？　ブルーサファイア王国行くの？」

「無理だろ。船は出てないし、海を凍らせながら歩いて行くのは不可能じゃないけど、何日かかるかわからん。というか迷子になったら死ぬ」

「じゃあイエロートパーズ王国で冒険？　魔法使いの国とか、めっちゃ面白そうなんですけど‼」

「わかる。俺も冒険したい‼　魔法使いとか楽しそうじゃん。俺も魔法使えるかなー」

「アンタは全身から火ぃ出せるでしょ」

「それはそれ、これはこれだ」

魔法使いの国とか面白そう。それに、魔法学園とか行ってみたい。冒険したい。でもプリムとの約束が……うむむ。

「とりあえず、港に到着したら手紙出したら？　間違ってイエロートパーズ王国行きの船に乗っちゃったーって」

「お、それいいな。ついでに、俺のことは気にせず冒険に出かけろって送るか」

レッドルビー王国から飛ばした手紙には、ニーアを送り届けたことも書いたし、ダルツォルネが養子にしたってことも書いた。レッドルビー王国の印や証明書も同封したから、ギーシュも信用するだろう。プリムには悪いけど、イエロートパーズ王国を冒険してみるか。

◇◇◇◇◇

事情を知ると、船の景色がガラッと変わるよな。

若い連中が多いと思ったが、全員がイエロートパーズ王国で魔法を習う奴《やつ》らだ。

魔法使いっぽい奴らは杖《つえ》やローブを着てるし、剣士っぽいのや格闘家っぽいのもいる。年代もバラバラで、子供が多いけど大人もいた。

「んー……どれも大したこと……お、まぁまぁ強そうなのもいるじゃん」

「ん、どれどれ……ああ、あれね」

俺とカグヤが注目したのは、短い髪を梳《と》かし油で固めたような少年だった。

ぱっちりした目、キリッと結ばれた口で、見てくれはとてもまじめそうに見える。服装は兵士っぽく、しゃれっ気のないシャツとズボンの上に皮鎧《かわよろい》と円盾、腰にはロングソードを差していた。

ぶっちゃけると、その辺にいそうな雑魚兵士だが、なかなか鍛えられた身体《からだ》は鎧の上からもわかったし、立ち方や振る舞いもどこか高貴な感じがする。なぜか空を見上げていたが、俺とカグヤの視線に気付いたのか、爽やかな笑顔を浮かべ、こっちに来た。

「やぁ、きみたちも『魔法学園』に入学希望だね」

「「いや、べつに」」

「えぇっ⁉　じゃ、じゃあなんでこの船に⁉　次の船が出るのは一年後だよ⁉」

「間違えて乗った。ブルーサファイア王国に行く予定だったんだけどな……」

「そ、そうなのか……なんというか、大変だな」

少年剣士はウムムと唸《うな》る……なんか、いいやつっぽいな。

そして、ハッとしたように顔を上げる。

「おっと、自己紹介がまだだった。私はフリオニール、魔法学園の『魔法剣士科』に入学希望だ。よろしく頼む」

「フレア。えーっと、冒険者」

「カグヤ。同じく冒険者よ」

とりあえず、冒険者と名乗る。

フリオニールと握手。せっかくなのでいろいろ聞いてみることにした。

「ねぇ、魔法剣士科ってなーに？」

「あ、俺が聞きたかったのに」

「ははは。仲がいいんだね。二人旅……ではないね」

『わんっ!!』

シラヌイが軽く吠《ほ》え、フリオニールはシラヌイを撫《な》でた。

「イエロートパーズ王国には『魔法学園』があることは知ってるかい？」

「まぁ一応。というかさっき知ったけどな」

「アタシも」

「うん。魔法剣士科っていうのは魔法学園のクラスの一つさ。『魔法格闘術科』、『魔法使い科』、『魔法剣士科』、『錬金術師科』……魔法に関するクラスがいくつもある」

「「へぇ〜……」」

「魔法学園に入学して、三年かけてクラスで授業を学ぶ。卒業試験を受けて魔法認定を受けると、

国家が認めた魔法使いになれるのさ。他国にいる魔法使いはみんな一度はここで学ぶ。その後の進路は様々で、研究者になったり、冒険者になったり、国家に仕える魔法使いを目指したり……冒険者になる魔法使いはたいがい、自分の魔法技術を試し、実践を積もうとする人たちかな」

フリオニールはいろいろ説明してくれた。根が真面目なのか、俺とカグヤの疑問にも丁寧に答えてくれる。

「フリオニールは何を目指してるんだ?」

「私の故郷はパープルアメジスト王国でね。父は騎士団の団長を務めているんだ。私も父のような立派な騎士になるべく騎士見習いとして稽古をしていたのだが、ある日、魔法の適性があることに気付いたんだ。そこで、独学で魔法を勉強し剣術と融合できないかと試行錯誤……どうも上手くいかなくてな。そこで、魔法を一から勉強するべく騎士を辞めて、この船に乗ったというわけだ」

なんともクソ真面目な答えが返ってきた……というか真面目すぎだろこいつ。

「フリオニール、何歳?」

「十七になった」

「その髪、どうなってるの?」

「クセっ毛でね。アブラ木の樹液を使って固めている」

「その剣は?」

「これは故郷の武器屋で買った安物の鉄剣だ。一から始めるという思いを込めて、かつて使っていた装備は全て置いてきたんだ」

「魔法はどんなの使うんだ？」

「私は雷属性に適性があってね。剣に纏《まと》わせたり放出したりする」

すげぇ……こいつ、何でも答えてくれる。

カグヤも面白がっていたが、そろそろやめておく。一応、年上だしな。

フリオニールは喋《しゃべ》りすぎたと思ったのか咳《せき》払いをする。

「こほん。まぁ私はこんなところだ。キミたちは冒険者だったな。次の船の出航は一年後、それまでイエロートパーズ王国に滞在するのだろう？」

「いやいや、一年も待たないって。海路が駄目なら陸路で出るよ」

「……それは難しいだろう。イエロートパーズ王国の国境は危険地帯になっている。S～SSレートの魔獣はもちろん、SSSクラスの魔獣がわんさと出る『デスグラウンド地帯』だ。イエロートパーズ王国が周辺国と貿易をしない理由は、陸路があまりにも危険だからだよ」

「「へぇ～」」

なーるほど。海路は一年に一度、陸路は超危険地帯……イエロートパーズ王国、面白そうじゃん。

カグヤも不敵に微笑《ほほえ》んでるし、危険が来るならどんどんこいだ。

「なぁ、キミたちに魔法適性はないのか？　もしあるなら魔法学園に入学しないか？」

「「魔法適性……」」

「ああ。調べたことは？」

「「ない」」

「本当に仲がいいな。えーっと、魔法適性は簡単に調べられる。専用の簡易キットがあったはず」

フリオニールは背負っていたカバンをゴソゴソ漁《あさ》る。そして、小さな紙束を出した。

紙を一枚千切って俺とカグヤへ渡す。

「これを舐《な》めれば魔法適性がわかる。舐めると紙の色が変わって、色でどの系統かわかるんだ」

「へぇ〜……初めて見たわ。こんな道具あったのね」

「ああ。特級冒険者の一人にして最高の魔法使いである『虹色の魔法使い《アルコバレーノ・ウィッチ》』ブリコラージュ様の作った魔道具だ。一枚で大金貨十枚もする」

「たかっ……いいのかよ、そんなの使って」

「道具とは使うためにある。それに実家に眠っていた骨董品《こっとうひん》だから気にしないでくれ」

「じゃあアタシは遠慮なく」

カグヤは紙をペロッと舐めた。すると紙が緑色に変わる。

「おお、適性あり。しかも風属性とは」

「アタシ、魔法使えんの？」

「ああ。魔法学園で学べばな」

「やたっ‼　フレア、アンタは？」

「どれ……」

ペロッと舐めた瞬間、紙は一瞬で燃え尽きた……あれ？

「……あの、燃えたらどうなんの？」

「お、おかしいな……ふ、不良品か？」

「アンタがおかしいだけじゃない？」

「やかましい」

フリオニールは紙束を確認する。まぁ別にいい、魔法に興味はあるが魔法使いになる気はないし。

とりあえず、フリオニールはいい奴だ。せっかくだしメシにでも誘おうとすると――――。

『えー……みなさん、こんにちはぁ～!!　イエロートパーズ魔法学園教師デズモンドと申します～』

と、どこからか声が。

フリオニールは気が付いた……というか、この場にいる魔法使い見習いはみんな気付いていた。

「これは、拡声魔法だ」

「『かくせい魔法？』」

「ああ。その名の通り、声を大きくする魔法だ。魔法学園では全校集会などで使われている」

なるほど。でも、なんでその拡声魔法が使われてんだ？

『えぇ～……この船に乗る魔法使いの卵さん。さっそくですがテストを行います』

え……テスト？　フリオニールを見たが首を振る。

『この船はあと三十分ほどでイエロートパーズ本国の港に到着します。港に到着するまで立っていた者はAクラス、それ以外の生徒はBクラスに振り分けます。つまり、戦えってことです』

はい？　……た、戦う？

『戦闘しなかったり、戦う意志のない者はBクラスにしちゃいますね～。魔法使いたるもの、戦闘力は大事なことですから。ああ、命を奪うことは禁止です。もし誰かを殺しちゃったら命を以《もっ》て償ってもらいますからね～』

お、おいおい。なんだよそれ。

『それ以外は何をしても自由。ふふふ～……Aクラスはいいですよぉ？　教師の個別指導は受けられるし禁書庫も制限付きで立ち入りできますし、学生寮は個室ですし、食堂でパンにシロップかけ放題という特典があります。Aクラス目指して頑張りましょ～……じゃ、始め』

拡声魔法がプツンと切れ、船の上は静寂に包まれる。

俺とカグヤは気付いた。たくさんいた船乗りがいない、しかも妙な『膜』が船を包んでいる。

フリオニールは剣を抜く。

「これは、守護魔法……っく、船乗りもこのことを知っていたのか。この船が魔法学園入学生徒の選別を行う場所だということを!!」

「『選別?』」

「ああ。魔法学園は実力至上主義……まさか、このような選別が行われているとは知らなかった」

フリオニールも知らなかったらしい。

すると、船が揺れ怒号が響いてきた。どうやら戦いが始まったらしい。

俺は、カグヤに聞いてみた。

「どうする?」

「んー……魔法学園なんてどうでもいいけど、身は守らないとねぇ」

「同感……つーかお前、笑ってるぞ」

「アンタもでしょ」

「キミたちは隠れていろ‼　ここは私が」

「「いや、いい」」

俺とカグヤは構える。いつの間にか、甲板には入学生徒たちが集まっていた。

「カグヤ、殺すなよ」

「はいはい。アンタもね」

じゃあ……やりますか‼

◇◇◇◇◇◇

ぶっちゃけると、俺とカグヤは無関係だ。

まぁ別にいい。俺はともかく、カグヤは暴れる口実ができたとばかりにやる気だ。

船上は、すでに戦場になっていた。

Aクラスの甘い汁を啜《すす》ろうと、魔法使いの卵たちが拙い魔法を撃ち合い、同期たちと戦っている。

俺の中の魔法使いのイメージは、魔法をぶっ放す後衛だけど……どうやら、魔法使いにもいろいろな種類があるようだ。

「雷よ、わが剣に宿れ!!」

フリオニールは剣を掲げ自らの身体と剣を魔法で帯電させる。

そういえばフリオニール、雷属性とか言ってたっけ。俺とカグヤの見立て通り、魔法使いの卵たちの中ではそこそこ戦えるようだ。

「唸れ!!『サンダァアーーーッ!! ブレェィィィドォォッ』!!」

剣を振ると紫電の雷が周囲の魔法使いの卵たちを痺《しび》れさせる。

というか、けっこうデカい声で叫ぶのな。フリオニールは帯電状態のまま剣を振っている。そして、炎を剣に纏わせて戦う少年と鍔《つば》迫《ぜ》り合いになった。

「っく……きみは炎か!!」

「そういうきみは雷か!! 面白い……勝負だ!!」

「いいだろう!! わが名はフリオニール!! 二つ名は無いが敢えて名乗ろう!! 『紫電剣』フリオニールと!!」

「ならばオレも名乗ろう。オレは『紅蓮剣《ぐれんけん》』ラチェット!! いざ参る!!」

俺が言うのもアレだが、暑苦しいな。ま、フリオニールは放っておいていいだろ。

「あれ、カグヤ……あ、いた」

「ほらほらほら!! アタシを打ち取りたいならまとめてかかってきなさい!!」

カグヤはすでに十人以上倒している。手加減しているのか、気絶せずに蹲《うずくま》っているのが大半だ。

でもあれ、見た感じ骨が折れてるぞ……どこまでやっていいんだ?

　カグヤは、詠唱を始めた魔法使いの懐へ一瞬で潜り込む。

「神風流、『凪打ち《なぎうち》』‼」

「おっぎゃぁっ⁉」

　延髄を蹴られた魔法使いは吹っ飛んだ。カグヤのやつ、もう少し手加減しろよ。

『わぅぅ』

「ん、ああ。俺もちょっとは真面目にやるよ」

　シラヌイを撫でると、数人の魔法使いが俺の元へ。どうやら手を組むことを覚えたらしい。単体で戦っている奴らを狙っているようだ。

「いくぞ‼　援護を頼む‼」

「おう‼」「ああ」「気を付けて‼」

　お、一人が格闘家で接近戦、残り三人がサポートだな。

　三人の魔法使いは詠唱し、杖を……ありゃ、俺じゃなくて格闘家に？　ああそっか、攻撃じゃなくて補助系の魔法なのか。

「肉体強化‼」「腕力強化‼」「速度強化‼」

「おっしゃあ‼　はぁぁぁ……感覚強化‼」

　おお……格闘家の身体、キラキラ輝いてる。魔法による強化で強くなるのか。

　格闘家は構え、一気に距離を詰めようと前傾姿勢に。

「いくぞ‼」

格闘家は地面がえぐれるほどのダッシュで俺の懐へ。どうやらそのまま腹に一撃くれようとしているみたいだが……ま、俺のが早い。

「残念」

「っぐ……あぁぁぁぁぁっ⁉」

俺は『回転式』を抜き、格闘家の両膝を撃ちぬいた。

回転式は六発。引金を引くだけで連射できる。両膝に各二発の計四発撃ちこむと、前のめりになって転びゴロゴロ転がる。そして甲板にあった樽《たる》に顔面を強打して動かなくなった。

すると、魔法使いの一人が言う。

「な、なによそれ‼　そんな武器使うなんて卑怯《ひきょう》よ‼」

「いや、武器使っちゃダメなんて言ってないし……」

「それ、銃だろ⁉　魔法使いが銃使っていいのかよ‼」

「あっちじゃ剣使ってるけど……ってか俺、魔法使いじゃないし」

「う、撃つなんて……ひどい‼　死んじゃったらどうするんですか‼」

「あっちじゃ炎の玉とか風の刃を撃ってるやついるけど……」

なんか銃はダメっぽい……まぁ別にいいか。銃を腰に戻し、俺は構える。

「じゃ、こっちで」

「つく……構えろ、詠唱だ‼」

「ええ‼」「はいっ‼」

俺と同世代くらいの少年と少女二人は、構える俺の目の前で何やらブツブツつぶやく……あの、攻撃していいのかな？

ま、まぁ……やっちゃうか。

「流の型・蝕《むしばみ》の型『合《あわせ》』……『虫歯二十本《トゥース・バイキー》』」

両手に呪力を乗せ、三人の間を音もなく通り抜ける。すると、三人は顔をパンパンに膨らませ蹲った。

「「「いっぎゃぁぁぁぁぁーーーッ⁉」」」

「虫歯二十本だ。じゃ、そういうことで」

ゴロゴロ転がる三人を放置し、俺は大暴れするカグヤの元へ。

カグヤは売られた喧嘩《けんか》を全て買っては叩きのめし、売られた喧嘩だけじゃなく自分から売っていた。カグヤの周りにはボロボロになった魔法使いたちが山のように積まれている。いつの間にかカグヤは恐れられ、逃げる魔法使いたちを追いかけるまでになっていた。

「あーっはっはっはぁぁ‼　まてまてアタシはここよーんっ‼」

「やめろアホ」

「あいっだぁ⁉」

カグヤの後頭部をぶん殴ると、カグヤは前のめりになってすっころぶ。

すぐに起き上がると俺を睨《にら》んだ。

「なにすんのよ‼」

「やりすぎだろ。お前、そのうち殺しちまうぞ」

「ふん、殺したら命を以て償わせるとか言ってたけど、アタシを殺せると思ってんの？」

「まぁそうだけどよ……お前、油断するとあっさり負けちまうから。円剣《えんけん》のマルチューラだっけ？」

「……負けてないし」

「負けたって」

「負けてない」

「負けたって。認めろよ」

「負けてないっての!!」

「おわっ⁉」

カグヤの延髄蹴りが俺を襲う。だが、何とか防御した。

「……港まであと五分くらいかしら」

たぶん、そのくらいだろう。すでにイエロートパーズ王国港は見えている。

カグヤは足を引っ込めて構える。

「最後の相手はアンタみたいね……」

「はぁ……まぁ、付き合ってやるよ」

「ふふ。リベンジさせてもらうわ!!」

五分後……俺とカグヤの決着はつかないまま、イエロートパーズ王国に到着した。

船から降りると、入れ違いで白いローブを着た連中が入ってきた。

どうやら負傷した魔法使いの治療をしているようだ。そして、最後まで立っていた魔法使いたちは自分の足でイエロートパーズ王国へ入国した。

「アタシ、お腹減ったわ」

「俺も……金はあるし、適当な場所で飯に「ようこそ、イエロートパーズ王国へ」……ん？」

俺たちの前に、胡散《うさん》臭そうな眼鏡をかけた男がいた。髪をオールバックにして優雅に一礼……あ、この声、船上で戦いの開始合図をした声だ。

「試験、大変お疲れ様でした……ここにいる皆さんはAクラスとなります」

すると、俺たちと一緒に船を降りた連中が喜んでいた……あ、フリオニールもいる。さっきまで戦っていた炎の剣士と肩を組んで喜んでいるし。

そして、船から担架に乗せられて運ばれていく魔法使いたちが横を通っていく。

「彼らは全員Bクラス。適切な治療を行うために魔法学園に向かいました。皆さんはここでいくつかの説明を受け、学生寮へ案内します」

残ったのは二十人もいない。船には百人以上乗ってたみたいだし、残った連中は本当に大したもんだ……あ、そうだ。せっかくだし質問するか。

「あの、質問」

「はい、なんでしょう？」

「入国の審査とかないんですか？」

「はい。イエロートパーズ王国は少し特殊でして。来るもの拒まずなのですよ。それに……この国では住所などさほど問題ではありません。学び、鍛える者だけが住むことを許される」

「なるほど」

「フレア、あっちに屋台ある!! 行きましょ!!」

「おう。腹減った、メシだメシ!!」

「はい? あ、ちょっと!! あなたたち、魔法学園に入学希望では!?」

「いや、間違って船に乗っただけ。んじゃこれで。またなフリオニール、どこかで会ったら飯でも食おうぜ」

「じゃあねー♪」

『わんわんっ!!』

俺とカグヤとシラヌイは、港に出店している屋台巡りを始めた。

第四章　魔法王国イエロートパーズ

イエロートパーズ王国の港は、ブルーサファイア王国の港と同じくらい栄えていた。

俺、カグヤ、シラヌイは、港をのんびり散策しながら屋台を巡る。海沿いということもあり海産物が豊富だ。気になったのは魔法使いっぽい人がいっぱいいることだ……さすが魔法使いの国。

とりあえず、魚の串焼きを焼いている店へ。

「すんません、その魚は？」

「ああ、ヨンマの串焼きだ。シンプルな塩味がたまらねぇ一品だぜ。海沿いの港町では大抵売ってるが、イエロートパーズ王国のヨンマは荒波に揉《も》まれて身が締まってるから美味いぜぇ？　兄ちゃん姉ちゃん、あとワンコもどうだい？　一本銅貨五枚だ」

カグヤを見ると異論はなさそうだ。というか肘で俺をせっついてくる。

「じゃ、三本ください。あ、一本は串を抜いてもらえると」

「あいよっ!!」

店主のおじさんは俺とカグヤに一本ずつ、シラヌイ用に串を抜いたのを一匹くれた。

かぶりつくと、魚の脂と塩味が混ざりあい、旨味が口の中に広がる……うめぇ。

「あの、俺たちこの国にきたばかりで。よかったらいろいろ教えてください」

「あぁ？　ははは、こんな屋台のおっさんに聞かずとも、冒険者ギルドに行けばいくらでも情報集まるじゃねぇか」

「まぁなんとなく。このヨンマ美味しいし」

「ははは!!　嬉《うれ》しいこと言ってくれるじゃねぇか」

「おかわりちょーだい」

カグヤは完食、銀貨一枚を支払いもう二匹丸かじり。シラヌイも一匹じゃ満足できないのか俺に向かって吠《ほ》えるので、二匹追加購入した。

「で、何を聞きたいんだ?」

「とりあえず、イエロートパーズ王国のこと。ここって魔法使いの国なんだよね?」

「ああ。住人の九割が魔法使いだ。ま、オレも魔法使いだがね」

「え、そうなん?」

「ああ。ほれ」

店主のおっさんは人差し指に火をともす。

「オレはD級魔法使いでね。腕っぷしも強くなかったし攻撃魔法もあんまり得意じゃなかったからな。こうして屋台で日銭稼いで暮らしてんのさ。オレみてぇに魔法使いの勉強をしたけど魔法使いみてーな仕事してねぇ奴はけっこういるぜ」

魔法使いもけっこう大変だ。というか、汗だくのシャツを着てハゲ頭に手ぬぐいをねじって巻いているおっさん、どう見ても魔法使いに見えないもんな。

「おかわり!!　あ、あと五匹ちょうだい」

『わんわんっ』

カグヤは金貨を一枚叩《たた》き付けるように屋台のカウンターに置く。

おっさんは追加のヨンマをカグヤに渡し、シラヌイにも串なしを出した。

「この辺りで、なんか面白い場所とかある？」

「面白い場所ねぇ……イエロートパーズは集落や町がねぇんだ。このイエロートパーズ王国だけで、外には危険なダンジョンとか、王国が管理している魔法研究施設がいくつかあるだけだ。集落や町がねぇ理由は、イエロートパーズ領地の魔獣がとんでもなく危険だから……知ってると思うが、イエロートパーズは海路でしか入国できねぇ。陸路だとＳＳレート以上の魔獣がわんさと出る平原を横切らなきゃならねぇからな」

「へぇ……ん？」

「あと、あんまりデカい声では言えねぇが……このイエロートパーズは奴隷に対する扱いが酷い。外の施設で奴隷を使った魔法実験を行ってるって話だ」

ちょっと待て、なんか聞き捨てならないことを言ったぞ。

「おっさん、さっきなんて言った？」

「あ？　奴隷……」

「違う違う。その前、前」

「……なんだ？」

「ダンジョン、危険なダンジョンってなに？」

「ああ、ダンジョンだよ。このイエロートパーズには『三大ダンジョン』の一つ、『大迷宮アメノミハシラ』があるんだ。冒険者ギルドに行けば情報が手に入るぜ」

「だ、ダンジョン……!!」

「お、おお。お前さん、冒険者だよな？　ダンジョンを知らねぇとは珍しい」

「ダンジョン……いい、いいな。おいカグヤ、ダンジョン行こうぜ!!」

「ふあっ!?　げっふぉ!?」

カグヤの背中をバシッと叩くと、口からヨンマを噴き出した……きったねぇ。

「おっさん、この辺りに宿とかある？」

「あ、ああ。城下町に行けばいくらでもあるぜ。金に余裕あるなら、冒険者ギルドの近くにある『まほう亭』がおすすめだ」

「ありがとう!!　しばらく町に滞在するからさ、また来るよ!!　いくぞカグヤ、シラヌイ!!」

「げっふぉげっふぉ!!　あ、アンタ、ぶっとばす!!」

『わんわんっ!!』

俺が走り出すとカグヤも走り、シラヌイも駆け出す。

このヨンマの店、また来よう。

◇◇◇◇◇◇

カグヤとシラヌイを連れて城下町へやってきた。

港からけっこう歩いての到着だ。王国なだけあってかなり広い。

「おお〜……ここがイエロートパーズ王国の城下町か」

「なんか雰囲気違うわね。レッドルビー王国とは大違いだわ」

レッドルビー王国の城下町は活気があり、薄着の人たちが闊歩《かっぽ》し、職人が道沿いに露店を開いて冒険者たちを呼び寄せたり、野良犬が歩きラキューダが荷車を引いたりと自由な感じ。

ブルーサファイア王国の城下町はキラキラして、街並みもカラフルで観光名所って感じ。お土産屋やおしゃれな飲食店が並び、砂浜では観光客が水着を着て海で遊んだりと楽し気な感じだ。

それに対し、イエロートパーズ王国の城下町は……古臭いというか静かな感じ。建物は煉瓦《れんが》造りで古臭い……いや、趣ってやつか。道行く人も魔法使いっぽいのばかりだし。酒場とか飲食店もあるけど全体的に古めかしい感じだ。

「なんか陰気ね」

「確かに。それより、宿取って冒険者ギルド行こうぜ。ダンジョン行ってみたい!!」

「いいわね。ふふふ、ダンジョン……戦いの匂い!!」

『わんわんっ!!』

ヨンマ屋のおっさんが言っていた宿屋を目指しつつ歩くと……。

「おーい!!　おーいおーい!!」

「ん……あ、あれってフリオニールじゃない？」

聞き覚えのある声に振り返ると、フリオニールがいた。

俺たちの元まで息を切らして走ってくる。

「はー、はー……ふぅぅ。ようやく追いついた。喜んでくれ!! 君たちにも魔法学園の入学許可が出たんだ!! 君たちの戦いぶりを見ていた先生が『あれほどの逸材を逃すのはもったいない』と言って、ぜひとも魔法学園に入学してほしいと」

「「え、やだ」」

「え……」

「俺たち、魔法は面白そうだと思うけど、魔法学園に興味はないなぁ」

「うんうん。それに、ガッコーって勉強するところでしょ? アタシ、勉強嫌い」

「それに、俺たち冒険者だぞ。イエロートパーズ王国に来たのは船を乗り間違えたからだし……」

「ってか、アタシたちダンジョンに行くの。アンタはアンタで頑張りなさいよ」

フリオニールはがっくりうなだれてしまった。

「ってか、なんでフリオニールが俺たちを呼びに来たんだ?」

「え、えっと……私が君たちを呼びに行くって先生に直訴したんだ。わずかな時間だったが楽しい話をさせてもらったし、仲間ができたらうれしいと思って」

「んー、悪いな。先生とやらによろしく。あと、俺とカグヤはしばらく町に滞在してダンジョンで遊ぶからさ、時間あったら遊びに来てくれよ。冒険者ギルド近くの『まほう亭』に泊まる予定だから」

「あ、ああ……」

「じゃーね。フレア、いくわよ」

「おう……って、仕切んなよ」

フリオニールは燃え尽きたように手を振り、俺とカグヤは宿に向かった。

◇◇◇◇◇◇

煉瓦造りの大きな宿だった。

『まほう亭』というカクカクした文字で書かれた看板があり、その向かいには冒険者ギルドがあった。俺とカグヤはさっそく宿の中へ。シラヌイも一緒に付いてきたけど大丈夫かな。

「おぉ……なんかいいな」

「古めかしいけど、いい味出てるわね」

確かに、全体的に古めかしい。でも……なんか落ち着く宿だ。

さっそく受付へ向かうと、四十代後半くらいのおばさんが笑顔で迎えてくれた。

「いらっしゃい。お泊まりかい？」

「はい。二人と一匹なんですけど」

「ワンちゃんね。大丈夫大丈夫、うちは使い魔の宿泊も平気さ。もちろん料金はいただくけどね」

「使い魔……？　えーと、じゃあお願いします」

「はいよ。うちは一泊一名銀貨五枚だけど大丈夫かい？」

「はい。えーっと、何泊する？」

「とりあえず十日くらいでいいんじゃない？　どうせしばらくは滞在しなくちゃいけないしね」

「だな。部屋は？」

「一緒でいいわ。アンタ、アタシを女として見てないってわかったしね。まぁアタシを襲うような
ら蹴り殺してやるけど」

「じゃ、二人と一匹で十日分一部屋、延長はそのつどしますんで」

「はいよ。じゃあ十日分で金貨一枚、ワンちゃんのぶんで銀貨三十枚ちょうだいします」

支払いし、部屋の鍵をもらう。部屋は三階で、朝晩食事付き、お昼はお弁当を作ってくれる。

部屋に入るとけっこう広かった。ベッドが二つにトイレ付き、シラヌイ用の寝床もあるし小さい
ながらもベランダがある。しかもシャワーまであった。

「アタシこっちのベッド!!」

「どっちでもいいよ。さーて、冒険者ギルドに……」

「はぁ～……ねぇ、汗かいたしシャワー浴びたい。今日は着いたばっかりだし、潮風で髪がべた付
いてるから明日からにしましょうよ」

「えー……」

「慌てなくてもダンジョンも冒険者ギルドも逃げないってば。じゃ、そゆことで～♪」

カグヤは装備を外し、ラフな服装になるとシャワー室へ。

「あ、いちおう言っておく。覗《のぞ》いたら蹴り殺すから」

「いや、興味ないし。つーか、初めて会ったときにお前の裸は見たから」

「そーいうこと言うなっ!!」

カグヤはシャワー室へ消えた。

俺はベランダに出て備え付けの椅子に座り伸びをする。するとシラヌイが足元で丸まった。

「ま、確かに……到着したばかりだし、少しくらい……あ!!」

やべ……プリムに手紙出すの忘れてた!!

俺は慌てて、手紙を出せる場所を聞きに部屋を出た。

第五章　プリムたちの出発準備

ブルーサファイア王国・ギーシュの執務室。

「う、嘘《うそ》だろ……」

ギーシュは、フレアから届いた手紙を見て愕然《がくぜん》とした。

ニーアを無事に届けたこと。ニーアがダルツォルネの養子になったこと。カガリビが十二使徒の襲来で死亡し、ダルツォルネが王になったこと。そしてフレアが十二使徒を倒したことなどが書かれていた。

「じゅ、十二使徒を倒したってのか……そ、それに、第一王子ダルツォルネが王になるなんて……しかも、第二王子は死亡って、これじゃ第一王子の天下じゃないか」

ギーシュは、内心でカガリビが王になればいいと考えていた。

カガリビの性格なら、金をちらつかせれば互いにいい関係を結べる。内乱が起きればフレアを始末できるし、ギーシュの見立てではカガリビが僅差でダルツォルネに勝つと予想していた。

ダルツォルネは生粋の武人。付いて行く者は付いて行くだろうし、金では動かない心がある。

「なんてこった……」

「ふん。まさか十二使徒を倒すとはね……呪術師め、やるじゃないか」

「うわぁぁぁぁぁぁぁっ!?　がが、ガブリエル様ぁぁぁっ!?」

いつの間にか、部屋にはガブリエルがいた。ギーシュの背後からヌッと顔を出し、手紙を読んでいる。ギーシュを無視し、ガブリエルは呟《つぶや》く。

「レッドルビー王国にはコクマエルがいたね。あの頭でっかち、妙なことをしてないといいが……」

「あ、あの」

「まぁいい。おいギーシュの坊、いくつか仕事をしてもらうよ」

「え……」

「王には許可をもらってる。『ギーシュに経験を積ませてやってくれ』だとさ」

「………」

売られた。ギーシュは瞬間的にそう感じた。父がガブリエルに逆らえるはずがないのである。

「さ、仕事さね。キリキリ働きな」

「……はい」

ギーシュは泣きたくなり、ガブリエルの指示に従った。

◇◇◇◇◇◇

プリム、アイシェラ、クロネの三人は、ブルーサファイア王国城下町で買い物をしていた。

旅の支度金で必要な物を揃《そろ》えていく。ちなみに、クロネがアドバイスしてくれた。

「イエロートパーズ王国は王都しかない国にゃん。海路でしか行けず、陸路だとヤバい平原を越えないといけないから、ほとんど閉ざされた国にゃん」

「危険って……どれくらい？」

「Ｓレートは当たり前、ヤバいとＳＳレート、最悪の場合ＳＳＳレートも出るにゃん。あの国の連中は基本、外に出ないにゃん」

「ふむ……さすがに詳しいな」

「……ま、ちょっとね」

クロネは少しだけ俯《うつむ》く。プリムとアイシェラは気になったが、踏み込んではいけない気がした。

アイシェラは話題を変える。

「魔法の国だったか……私も少しは魔法の心得がある」

「そうなのかにゃん？」

「ああ。だが、魔力が少なく魔法も初級しか使えない。魔法剣士になる夢を諦め、騎士としてお嬢様のお傍にお仕えしているのだ」

「ま、そんなことより武器屋に行くにゃん。うちもあんたも装備を整えないとにゃん」

「おい、そんなことってどういうことだ」

「ま、まぁまぁ。それより、武器屋です武器屋!!」

そこそこ長く滞在しているが、武器屋に入ったことはないプリム。

クロネに案内され武器屋へ。店内は剣や槍《やり》がいっぱいあった。

「貧相な感想にゃん……剣や槍がいっぱいって」

「こ、心を読まないでくださいぃ!!」

「ああ、お嬢様かわいい……抱きてぇ」

「アイシェラ、黙って」

「おっふ……ぅぅ」

「……とにかく、買い物にゃん」

プリムたちは、必要な道具を物色し始めた。

プリムは特に買うものがないので、クロネの様子を見に行く。

「えーと、あれとこれと……にゃん？　なんか用かにゃん」

「いえ、わたしは特に買う物がないので……」

「護身用にナイフくらい持っとけにゃん。言っておくけど、うちは案内人で護衛はしないにゃん」

「護身用……スカートの内側に毒蛇を隠し持ってますけど」

「なにそれ……あんた、やっぱり変にゃん」

「へ、変じゃないですぅ!!」

アイシェラに襲われたときのためにと、フレアが持たせてくれた蛇だ。特殊な薬で仮死状態にしてあるため、噛《か》まれる心配はない。

クロネはため息を吐《つ》き、武器を物色している。

「クロネ、いっぱい買うんですね」

「まぁにゃん。身を守るための道具はいっぱいあったほうがいいにゃん」

クロネは、毒針用の針、投擲《とうてき》用ナイフ、短剣数本、鎖などをいくつも買う。

そして、珍しい物を見つけたのか、細い籠手《こて》を手に取った。仕込みブレードと、短弓がセットで内蔵された暗器である。

「へぇ、珍しい武器があるにゃん……って、見てないであんたも武器選ぶにゃん」

「え、でも」

「毒蛇を武器なんていう奴はアホにゃん。ほら、選ぶにゃん」

「あ、は、はい……えへへ」

「……なに笑ってるにゃん」

「いえ、なんだかその……お友達みたいで」

「……」

プリムは、クロネと一緒に護身用ナイフを一本買った。

アイシェラは鎧《よろい》を物色していた。

剣は自前のがあるので買わず、鎧だけ買おうと悩んでいるようだ。

ナイフをポケットに入れたプリムは、クロネと一緒にアイシェラの元へ。

「アイシェラ、何買うか決めた？」

「……難しい問題です。値段の割に質は悪くないのですが、どうもしっくりこない」

「鎧なんて邪魔なだけにゃん。あんた、避けることできないのかにゃん？」

「うるさい。貴様のような泥棒猫と一緒にするな」

「うちはアサシンにゃん。泥棒じゃないにゃん!!」

「暗殺者《アサシン》であることを誇りとしているのか？　ふん、恐ろしいな」

「なに……!!」

「二人ともやめなさい!!　アイシェラ、クロネの悪口言わないの。クロネも落ち着いて、ね？」

「はい、お嬢様」

「ふん……って、頭を撫《な》でるにゃ!?」

プリムはクロネの頭を撫でたが、手を撥《は》ねのけられた。

「貴様……お嬢様のなでなでを拒絶するとは何事だ!!」

「やかましいにゃん!!　人の頭に触るにゃ!!」

「にゃんにゃんやかましい!!」

「猫族だからしょうがないにゃん!!」

アイシェラとクロネがギャーギャー騒ぎ、ついにプリムが怒鳴る。

「いいかげんにしなさーい!!」

三人は、武器屋を追い出された。結局、アイシェラの防具は買えなかった。

仕方なく、フレアと一緒に旅をしていたときに買った胸当てだけを装備することにした。

テントなど野営の道具も新調し、保存の利く食料も買い込んだ。これらは全て家に届けてもらうことに。その後、三人で町を歩き、食事や何気ない散策をして時間を潰し、夜になって夕飯を済ませ、家に戻る。

買ったものが届き、少し困ったことに。

「かなりありますね……アイシェラだけに持たせるのはちょっと」

「確かに。ならこうしましょう、お嬢様の衣類や下着、私物を私が管理し、その他の物をクロネに持たせるということで」

「ふざけんにゃ!!」

「アイシェラ、腕立て百回」

「はいぃぃぃぃぃっ!!　1、2、3、4……」

腕立てを始めたアイシェラを放置し、クロネが言う。

「あんまり見せたくなかったけどしょうがにゃい。荷物はこれに入れるにゃん」

「……それは？　小さな巾着ですか？」

青い小さな巾着を胸元から取り出すクロネ。どう考えても入りそうにない。

「これ、魔法の袋にゃん。昔に受けた依頼の報酬でもらったにゃん。かなり貴重な物だから誰にも言わにゃいでほしいにゃん」

「魔法の袋……不思議なものがあるんですねぇ」

「55、56……なるほど、それは便利、57、58!!」

巾着を開け、折り畳み式テントを入れようとすると、にゅるるるーっと収納された。

他の道具も全て収納したが、巾着のサイズは変わっていない。

「準備完了にゃん。あとは出発までにイエロートパーズ王国のことをいろいろ話しておくにゃん」

「よ、よろしくお願いします」

「99、100‼　よし終わり‼　お嬢様、次の命令を‼」

「じゃあ腹筋千回」

「はぃぃぃっ‼　1、2、3、4……」

旅の支度は整った。女三人、イエロートパーズ王国の旅が始まる。

第六章　等級を上げよう！

「申し訳ございません。五等ではダンジョンに挑戦することはできません」

「「え」」

朝早く冒険者ギルドに来た俺とカグヤは、受付のお姉さんにそう言われた。

これにはカグヤが食ってかかる。

「ちょ、なんでよ‼　冒険者ならダンジョンに挑戦……」

「ですから、五等では入場許可が下りないのです。イエロートパーズ王国のダンジョンは『三大ダンジョン』の一つである『大迷宮アメノミハシラ』……危険が多く付きまとう最難関ダンジョンです。入場資格は『三等冒険者』からになります」

「さ、三等……あ、アタシたち五等だから、あと二つ上げないといけないの？」

マジかぁ……いきなり出鼻くじかれた気分だ。受付嬢さんは冒険者でごった返す掲示板を指さす。

「五等ですと、薬草採取やドブ掃除が主な依頼ですね。討伐系は上位冒険者に人気がありますし、三等以上はダンジョンに挑戦しますので、どうしても採取系や掃除系が残ってしまうのですよ。新人冒険者の第一歩として、まずは手頃な」

「アタシたちはそんなひっくい次元の依頼は受けないの‼　アタシたちの強さ知らないの⁉」

「……申し訳ありませんが、存じ上げません」

「なんかこう、ＳＳとかＳＳＳとかの討伐ないの⁉」

やべ、受付嬢さんの笑顔が死んでる。カグヤの奴、こんなだから問題児扱いされるんだっつの。

俺はカグヤの襟を摑《つか》み受付から引き剝がす。

「ぐえっ⁉」

「すんませんでした。ちょっと依頼見てきまーす」

「ちょ、アンタなにすん「ほれ行くぞー」っぶぁ、引っ張んな‼」

俺とカグヤは、依頼書が剝がされて寂しくなった掲示板の前へ。朝一に貼られる依頼書は冒険者たちの取り合いになる。なので、人がいなくなった掲示板は残り物しかない。

確かに、掃除の依頼や薬草採取の依頼ばかり。しかも報酬がめっちゃ安い。

カグヤは俺の手を振り払う。

「ったく、なーにが三等以上よ。ダンジョンは冒険者ギルドの物じゃないでしょうが」

「うっせぇなぁ。いいから、他の依頼をやって等級上げようぜ。せっかくだし、面白そうな依頼ないかな」

「あのねー……残り物の依頼なんて碌《ろく》なモンないわよ」

掲示板を眺めると、面白そうな依頼がいくつかあった。

「お、見ろよこれ。『下水道に住むネズミ退治』だってさ。なんか面白そう」

「どこがよ。下水なんて臭いに決まってるし絶対ヤダ。やるならアンタ一人でやりなさいよ」

「えー……じゃあこれ、『赤ちゃんのお世話』だって。赤ちゃんの世話してくれる人募集だとさ」

「いやよ。何よ、赤ちゃんの世話って。アンタそんなのやりたいの?」

「お前なー……じゃあお前もなんか探せよ」

カグヤは掲示板を隅から隅まで眺める。そして、掲示板の隅っこにある古ぼけた依頼書を見つけて手に取り……気味が悪い笑顔で言った。

「くっくっく……これこれ、こういうのよ」

「お前、マジで気持ち悪いぞ」

「うっさい。それよりこれ見なさいよ」

「あん? どれどれ……」

カグヤの手にある依頼書には、『アナンターヴァイパー討伐』と書かれていた。

「えーっと、討伐レートSS、アナンターヴァイパー討伐。討伐後は解体し、毒袋と牙と眼球を持ち帰ること。報酬は大金貨十枚……って、なんだこれ? 毒蛇討伐か?」

「みたいね。依頼者は魔法学園の研究者みたい。研究用の素材に使用するって書いてあるわ」

「これ、いつの依頼だよ……本人も忘れてんじゃねーか? それにSSレートってかなり強いんじゃねーの?」

「なによ、自信ないの?」

「いや、倒せると思うけど」

「短期間で等級を上げるにはこういう依頼を受けないと!! それに強そうな相手と戦えるなんて面白そうじゃん!!」

「んー……まぁ確かに」

「じゃ、決まりね」

カグヤは依頼書を受付嬢さんの元へ。受付嬢さんは淡々と言った。

「申し訳ございません。こちらの依頼は『四等』から受けられます」

再び、依頼掲示板前に戻った俺とカグヤだった。

◇◇◇◇◇◇

「………」

「ほら、機嫌直せって。依頼はまだいっぱいあるし……」

『くぅぅん』

不貞腐れたカグヤはシラヌイを撫《な》で、掲示板を見ようとしない。

なんか俺、こいつの保護者みたいになってるな……めんどくさい。

王国の冒険者ギルドなので掲示板は横長で広い。依頼書はまだいっぱい貼ってあるが……やはり、目ぼしいのはなかった。マジで薬草採取と掃除しかない。

「ん？　……お、見ろカグヤ。魔法学園からの依頼だ」

「……どうせ薬草採取でしょ」

「違う違う。見ろ、『授業の補佐』だって。せっかくだし受けてみようぜ、魔法学園でどんな授業やってるか見られるチャンスだし、いきなり大物じゃなくてこういうのから始めるのもいいだろ」

「言っておくけど、冒険者としての経歴はアタシのが長いからね」

「はいはい。で、どうする?」

「……まぁいいわ」

「よし決まり」

依頼書を剝がし受付嬢さんの元へ。

「それでは依頼を確認します……では、こちらの依頼で間違いないですね?」

「はいーっす」

「では、五等冒険者ヴァルフレア様、五等冒険者カグヤ様。依頼書に従って依頼人の元へ向かって下さい。後の指示は依頼人から受けていただくようにお願いいたします」

「了解です。じゃ、行くぞカグヤ」

「ええ。あーあ、退屈になりそう」

『くぅぅん』

地図をもらい、俺とカグヤとシラヌイは魔法学園へ向かった。

「すんませーん。冒険者ギルドの依頼で来たんですけどー」

イエロートパーズ魔法学園正門。

俺とカグヤは守衛っぽいガタイのいいおっさんに依頼書を見せる。おっさんは依頼書を眺め、詰め所みたいな建物に引っ込み、数分して出てきた。手には依頼書があり、何やら印が押されている。

さらに、案内人らしい魔法使いの女性もいた。

「こちらへ。仕事の説明をします」

「ほーい」

「ふぁぁ……はぁ～い」

「カグヤ、もっとやる気出せよ……なんで俺がお前のお守りみたいなことしなきゃならないんだ」

「あ？　お守り？　お守りってアンタが？　ふざけんじゃないわよ冒険者の後輩」

「問題児よかマシだっつの。昇級の機会がいくらでもあったのに処罰ばっかのお前よりはな」

「なに、喧嘩《けんか》売ってんの？」

「やる気出せって言ってんだよ。討伐依頼受けれないからってダラけんな」

「うっさいわね。蹴り殺すわよ」

「やってみろよ。また呪ってやろうか？」

「ごっふぉん!!　えー、お静かに」

案内人の魔法使いさんに怒られてしまった。カグヤめ。ほんとめんどくさい奴だな。

学園の空き部屋みたいな場所に通され、硬い木の椅子に座らされた。シラヌイは床で丸くなり寝息を立てる。

「依頼の説明をさせていただきます。依頼内容は授業の補佐となっていただきます。あなた方には生徒たちの模擬戦の対戦相手となっていただきたいのです」

カグヤの目がキュピーンと光る。

「魔法による実践形式の模擬戦です。生徒たちに自信を付けさせ、自分の実力を知ってもらうことが前提ですので、過度な反撃や怪我をさせるような攻撃はお控えください」

あ、カグヤの目がガックリとした感じになった。

「担当クラスは『魔法剣士科』、『魔法科』、『魔法格闘術科』の三つ。いずれも新入生のAクラスです。本日午後より実力把握試験があります」

なるほど。要は新入生の実力を測るための相手か。

「最後に。あなた方の負傷等に付きましては、魔法学園として一切責任を負いませんので。報酬は一人銀貨五枚。何か質問は？」

「はいはーい。要は新入生と模擬戦でしょ？　アタシらはその相手だけど、模擬戦の終わりってどうなんの？　気絶させていいの？」

「いえ。実力評価の試験官がいますので。試験官が止めます」

「なるほどな。おいカグヤ、手加減しろよ」

「は、アンタこそ」

カグヤ、少しはやる気になったみたいだ。すると、案内人の魔法使いさんがクスリと笑った。

「忠告ですが……魔法使いを侮らないほうがよろしいかと」

「「は？」」

「冒険者ならお分かりでしょうが、魔法の威力はあらゆる戦局を左右します。パーティーに最低一人は魔法使いをというのは、冒険者にとって常識でしょう？　魔法を使う剣士、魔法を使う格闘家、そして魔法使い……どうかお気を付けて。ああ、ちなみに、新入生との模擬戦相手に冒険者を選ぶ理由ですが……毎年必ず無茶をする新入生がいましてね。死んでも困らない冒険者を雇い戦わせるのが一番なのですよ。代わりはいくらでもいますしね。それに、五等冒険者なら掃いて捨てるほどいますし」

「アンタ、喧嘩売ってんの？」

カグヤの殺気。案内人の魔法使いがビクッとして冷や汗を流す。これはさすがにムカつくから俺も止めない。つーか、冒険者舐《な》めすぎでしょ。

カグヤは立ち上がり、案内人の魔法使いに言った。

「アタシを舐めたらどうなるか……新入生に教えてあげる」

「おいカグヤ、仕事はちゃんとやれよ」

「わかってるって」

案内人の魔法使いを残し俺とカグヤは退室。演習場へ向かった。

合同ということで、演習場には大勢の新入生魔法使いが集まっていた。

俺とカグヤは教師から模擬戦の説明を受ける。

「いいですか。過度な反撃は禁止、攻撃はなるべく回避してください。命の危機を感じた場合に限り生徒を戦闘不能にさせることを許可します。生徒の実力を引き出して戦って下さい」

「はーい」

「うっし。腕が鳴るわね!!」

説明を聞きながら、俺は生徒を見る……あ。

「おーい!!　フレア君、カグヤ君!!　おーい!!」

フリオニールだ……真新しい制服を着て興奮してる。注目されながらも俺とカグヤに手を振っていた。とりあえず俺は手を振り返す。

「武器の使用は許可しますが、生徒を傷付けることに使うことは禁止です。受けや防御に使用してください」

説明が終わり、俺とカグヤは待機。シラヌイも壁際でおすわりしていた。可愛い奴め。

先生が生徒たちに模擬戦の説明をしている。全力でやれだの、教師たちが評価してるだの話してる。生徒たちはどうも興奮してるようだ……全員が戦闘魔法使いだからなのか？

「さっそく模擬戦を行う。名を呼ばれた者は前へ!!　では冒険者殿、よろしくお願いします」

「はい。おいカグヤ、手加減しろよ」

「うっさい。あとしつこい」

俺とカグヤは前へ。そして距離を取る。

教師は壁際でメモの準備をしている。これから戦う生徒をチェックするようだ。

「ではラモン、ラモン・ニック。前へ」

「ではラスキン、ラスキン・ダイテ。前へ」

俺の前にはラモンとかいう小太りの剣士、カグヤの前にはラスキンという細身の剣士が立つ。

「それでは、持てる全てを出すように……はじめ!!」

こうして、魔法学園新入生による模擬戦が始まった。

よーし、気合入れて……手加減するか!!

◇◇◇◇◇◇

俺の相手はラモンという小太りの剣士。魔法剣士科の新入生Aクラスで、船での選抜試験で最後まで立っていた生徒だ。

模擬戦が始まり、ラモンは剣を構えてブツブツ呟《つぶや》いている……ああ、魔法か。

「肉体強化……腕力強化……速度強化……感覚強化……おぉぉぉーーーッ!!」

えーっと……実戦なら十回は死んでるぞ。それくらい無防備に魔法を使って自己強化していた。

俺も自己強化の呪いを使うけど、こんなに時間はかからない。呪術の発動速度はこれでもかってくらい鍛えられたからな。呪符を取り出して呪力を込めて放つ。最低でも瞬《まばた》きほどの速度じゃないと先生の拳骨が飛んでくる。

めっちゃ隙だらけだけど待つ。これは模擬戦……相手の力を引き出すのが目的だ。

「いくぞぉぉぉっ!!」

とりあえず構え、ラモンの攻撃を避けることに専念する。

「はぃぃっ!!　しゃぁぁっ!!　だりゃぁっ!!」

「…………」

いや、まぁ……体型の割に動けるんじゃない？　ああ、身体強化を使ったからか。

それにしても、遅い。大振りだし、身体の動きでどういう攻撃をするのか、次の攻撃、さらにその次が手に取るようにわかる……えーっと、これどうすればいいんだ？

身の危険を感じた場合に反撃してもいいって話だけど、はっきり言って掠《かす》りもしない自信がある。

「ぶしゅぅ、ぶゅぅぅ……げっふぉげっふぉ!!　ぜっは、ぜっは……っ!!」

「あー……大丈夫か？」

「うっぷ……おっ、げぇぇぇっ!!」

「うわっ」

ラモンは汗だくになり勝手に止まり、盛大に吐いた。

後で聞いた話だが、気合を入れようと模擬戦の直前まで食べていたらしい。なんか憎めないというか、バカなのか……ラモンは吐きまくり、そのまま倒れた。

「では次!!　の前に……先生方、お願いします」

教師の一人が杖《つえ》を振ると水の玉が生まれてラモンの吐瀉物《としゃぶつ》を包み込み、そのままどこかへ飛んで行った。魔法って便利。地面は綺麗《きれい》になった。

さて、次……お、女か。

「よろしくお願いします!!」

「はい、よろしく」

どうやら格闘女子みたい。両手には籠手を装備し、何やら呪文……ああ、ラモンと同じ強化系だ。

格闘女子は構え、なかなかの速度で突っ込んでくる。

「はっ‼　だっっ‼　せいやぁっ‼」

「おおっ……」

正拳突き、回し蹴り、踵《かかと》落とし、そして連撃。お手本のような武術だ。

たぶん、実戦経験が全くない、道場かどこかで習った型をそのまま使っているんだろう。

なんというか、ほほえましい。俺も最初はこんな感じだったっけ。

「せいやっ‼　はいぃっ‼　だぁっ‼」

「おっ、ととっ、ほいっと」

もちろん、俺には当たらない。

すべてを躱《かわ》し、受けようと思ったがやめた。格闘家なら俺との力量は感じてるはず……でも、諦めない姿勢は評価できる。なので、この少女のこれからを期待し、少しだけ技を食らわせた。

「だぁっ‼」

「流の型、『漣《さざなみ》』」

「——えっ？」

正拳突きの流れを変えられ、バランスを崩す少女。

俺は少女の腕をつかみ、倒れないように支えてあげた。

「うん。筋はいいよ。もっと鍛錬して強くなれよ」

「あ……は、はい‼　ありがとうございました‼」

「ありがとうございました」

少女は頭を下げた……って、やばい。魔法使いの模擬戦なのに稽古しちゃった。

でも教師たちは何も言わないし、羊皮紙に何かを書いていた。格闘女子も下がっちゃったし。

「では次!!」

「うぃーっす……へへ、冒険者風情が。今年はオレが殺してやるよ」

次に出てきたのは、なんか小物っぽい感じの悪人顔だった。手に剣を持っている。

だが、殺してやるとか言ったのでつい反応してしまった。

「は？　殺す？」

「あん？　なんだ、知らないのかよ？　毎年新入生の模擬戦相手の冒険者は、何人か新入生に殺されてるんだ。ま、こんな依頼を受ける冒険者なんて五等に決まってるからな。死んでも代わりはいるってやつだ」

「……ふーん」

なんかむかつくな……というか、相手が俺でよかったな。カグヤにそんなこと言ったら逆に殺されてるかもしれないぞ。

そうだ。少し実験してみようかな……こういう奴だったらいいや。それに、ムカつく野郎相手ならけっこういけるかも。

「腕力強化……いくぜ!!」

「………」

ムカつく野郎は、腕力だけ強化して俺に突っ込んできた。

しかもこいつ、俺を殺す気みたい。同い年くらいの男を殺すことに躊躇《ちゅうちょ》しないとは……大物なのか、何かが欠如してるのか。

俺は構えず、ただ睨《にら》みつける。

「殺すぞ、お前」

「――――っ⁉」

俺は、ムカつく野郎めがけて殺気を飛ばす。

第一地獄炎の燃料は殺気。普段、誰かをぶっ殺したいなんて考えないからな。こういう時にいつでも殺気を出せるようにしておかないと。

俺の殺気にひるんだムカつく野郎は盛大にずっこけてガタガタ震え、周囲の生徒だけでなく教師も青くなっていた……やっべ、やりすぎた？

殺気を解きほわっと笑顔になるが、ムカつく野郎はもう立てなかっ……あらら、漏らしてる。

「アンタ、なにしてんのよ……」

カグヤが呆《あき》れたように俺を見た。すみません……俺も人のこと言えなかったわ。

◇◇◇◇◇◇

この日、全員の相手をすることができなかった。よって明日に持ち越し。

教師に気に入られたのか、引き続き依頼を継続することになった。ちなみに、今日の依頼は終わりで報酬も手に入り、依頼書には依頼完了のサインがされた。これをギルドに提出すれば俺とカグヤの評価になり、冒険者の等級も上がるというわけだ……まぁ、最初の依頼を終えたくらいで上がりはしないけど。

でも、次からは指名ということで学園から依頼を受ける。

内容は同じだが、指名を受けるということは認められた証で、成功させると等級査定に大きく響くとか。つまり、四等に上がるチャンスも増えるってわけだ。

俺とカグヤとシラヌイは冒険者ギルドに依頼書を提出。報酬を受け取った。

ずっと寝てたシラヌイは腹が減ったのかキュンキュン鳴く。もちろん、俺とカグヤも腹が減ったのでメシにする。報酬はさっそく使うことにしよう。

ギルドから出て、さっそく相談。

「お腹すいた。何食べよっか？」

「もちろん肉だ。お前もだろ？」

「ふふん、まぁね。シラヌイも肉がいいでしょ？」

『わんわんっ‼』

「肉だってさ」

「そうだな。じゃあ焼肉屋とか探して……お？」

こちらに近づいてくる三つの影があった。

三人とも見覚えがある。男二人に女一人で、全員が笑顔だった。

「おーい‼　フレア君、カグヤ君‼」

「おぉ～い‼　まってくれぇ～っ‼」

「ようやく会えたっ‼　あぁ、よかったぁ」

「フリオニール？　それに、ラモンと……格闘女子じゃん」

「レイラって言います。よろしくお願いします‼」

フリオニールはともかく、他の二人は意外だった。

戦ってる最中に嘔吐《おうと》したぽっちゃり魔法剣士ラモンと、俺と戦った格闘女子レイラだ。

「フレア君たち、よかったら一緒に夕食でもどうだい？」

「俺は別にいいけど。カグヤは？」

「アタシもいいよ。その代わり、肉が食べたいわね」

「肉‼　いいねぇ、ボクも食べたい」

「わたしも肉で構いません。格闘家たるもの肉体が肝心ですので‼」

「はっはっは‼　では私に任せてくれ。最高の焼肉をごちそうしよう‼」

『わんわんっ‼』

なんか一気に騒がしくなった……けど、なんか楽しいからいいや。

俺、フリオニール、カグヤ、ラモン、レイラ、シラヌイと、大人数となった俺たちは、焼肉屋を求めて歩きだした。

閑話　ミカエルとラティエル

聖天使教会十二使徒のミカエルとラティエルは、ブルーサファイア王国のリゾートビーチにいた。

二人とも水着であり、ビーチパラソルの下で優雅に寝そべり、トロピカルドリンクを飲んでリラックス。ラティエルが大きく伸びをすると、細身なのに大きな胸がたゆんと揺れた。

「はぁ〜……リゾート最高!!」

「……ねぇラティエル。あたし、あんたにフレアの居場所を調べてって言ったのに……ほんとにここにいるの？」

「ん〜……もうちょっと待って。わたしの能力で捜索してるけど、まだ見つからないみたい」

「ほんと頼むわよ……教会を出ちゃったから量産型も階梯《かいてい》天使も使えないのよ」

「わかってるわかってる。それよりミカちゃん、ビーチボールで遊ぼうよ!!」

「ビーチボール？」

「うん!!　ほら、あれみて」

「ん……」

波打ち際で、男女がビーチボールを使って遊んでいるようだ。

交互に打ち合い、打ち返せなかったボールが海に落ちる。負けた男は悔しそうに苦笑し、罰として浜辺にある出店でイカ焼きを奢《おご》っていた。

「ボール投げ合って楽しいの？　つーか、あたしがあんたに負けるわけないじゃん」

「もーっ‼　すぐに勝負ごとに持っていくんじゃなくて、一緒に遊ぶってことが大事なの‼　ミカちゃん、せっかくの休暇だったのにずーっと寝てるし‼」

「だってやることないし。ってかあたしは休暇じゃないし」

「だ・か・ら‼　それじゃ駄目なの‼」

「な、なによあんた」

「せっかくわたしが遊びに誘っても全然遊んでくれないし、お部屋に行っても寝てるか留守だし、こうやって海で遊んでるのにミカちゃんは、ミカちゃんは……」

「わ、わかったわかった……遊ぶ、遊ぶから」

「……ふふ」

「あ、あんた今笑った‼　ウソ泣きね⁉」

ビーチパラソルの下で騒ぐミカエルとラティエルは、リゾートビーチをエンジョイしていた。

ビーチバレーは、ミカエルの勝利で終わった。

十ポイント先取の勝負で十対一でミカエルの勝ち。一ポイント取られたのは、波打ち際に落ちていた貝殻を思いきり踏んで悶絶《もんぜつ》している間に取られたポイントだ。

日が落ち、二人は宿へ。

「……貝殻め」

「み、ミカちゃんが勝ったんだからいいじゃない」

「うっさいわね。つーか……なんであんたまでここにいるのよ」

「もちろん、ミカちゃんを綺麗《きれい》にするためよ♪」

ここは、ブルーサファイア王国で最も格式の高いリゾートホテル。

一泊金貨二十枚という、庶民はなかなか泊まることはできない料金だ。天使である二人は人間の通貨などいくらでも手に入るので、最も高い場所に泊まることにしたのである。

そして、二人がいる場所は……個室の浴場。

ミカエルが入ると、なぜかラティエルも入ってきた。風呂場なので当然ながら裸で、同性なのでお互いに隠しもしない。

「さ、こっちに座って。髪を洗ってあげる」

「えぇ～？　適当で「駄目」……わ、わかったわよ」

ラティエルが怖かったので従うミカエル。

金色の蛇口をひねるとお湯が出た。ミカエルの髪を優しく濯ぎ、植物の油から作られた液体せっけんを手に取る。そしてゆっくり優しく泡立て、ミカエルの髪を洗っていく。

「うん、やっぱりいい……ねぇミカちゃん。人間の作った石鹼《せっけん》、とってもいい匂いだし髪もサラサラになるよね」

「んー……どうでもいい。それよかさっさと終わらせて」

「はーい」

髪を洗い、ついでに手や足、身体も洗う。ミカエルは抵抗せず、ラティエルにお任せした。

自分でやると適当になるのを自覚しているので、ラティエルに任せるのがいい。

「ミカちゃん。お肌も髪もすっごく綺麗……女の子なんだし、綺麗にしなきゃだめだよ」

「どーでもいい。どうせなら男に生まれたかったわ……」

「はいはい……うん、終わり。じゃあ湯船に」

「はいはーい」

適当に返事をして湯船に。白い石を切り出して作られた浴槽には、キラキラしたお湯が波打っていた。しかも花が浮き、香りも素晴らしい。

ミカエルはそんなのお構いなしに湯船に浸かる。

「あぁ～……いいわぁ」

「ミカちゃん、そんな声出しちゃダメ」

「はいはー……い」

湯を堪能していると、ラティエルも湯船に。しばし、無言でいると……ラティエルが言った。

「天使はすごいけどさ……何かを創造し生み出すことに関しては、人間の方が遥《はる》か先に進んでるよね……この液体石鹸も、お昼に食べたイカ焼きも、この建物も……」

「やめなさいよ。十二使徒のくせに、人間を褒め称えるの」

「……うん、ごめん」

「ドビエル辺りが聞いてたら、やっかましいことになってたわよ。あいつ、人間嫌いで有名だからさ……以前、あたしに喧嘩《けんか》売ってきたから叩《たた》きのめしてやったけどね」

「あ、そんなことあったね。ズリエルさんが大慌てでさ、ミカちゃんが」

「あのさ……前から思ってたけど、ミカちゃん言うな」

「えー……可愛いのに」

「それが嫌なの。あたしは聖天使教会十二使徒最強、炎のミカエルよ？」

「ふふ。私からすればミカちゃんはミカちゃんだけどね」

「はぁ……それより、さっさとフレアを探しなさいよ」

「やってますー……」

ほんの少し、頭がボォーっとしてきた。

風呂から上がり、冷えたワインを一気に流し込むミカエル。

「っぷぁぁ～～～っ!!　うんまっ!!」

「ミカちゃん、お行儀悪い」

「やかましい。あんたも飲みなさいよ」

「んー……それよりミカちゃん、服着てよ」

「暑いから後でね」

ミカエルは、バスタオルを巻いただけのスタイルで下着すら着けてない。

ワインをガブガブ飲み、顔を赤くしていく……どうやら酔っているようだ。

「はぁ～……きんもちぃぃ～～～」

「ミカちゃん、お行儀……ああもう、だらしない!!」

「うっひゃい‼　あんたも飲みなしゃい‼」

「もう、お酒弱いくせに一気に飲むから」

ミカエルはベッドにダイブ。タオルがはだけお尻が丸見えだった。

とても十二使徒最強『炎』のミカエルには見えない。ラティエルはミカエルをベッドに寝かせ、布団をかぶせてあげる。すると、ミカエルはスヤスヤと寝息を立て始めた。

「さーて、ミカちゃんも寝ちゃったし……真面目に探すかな」

ラティエルは、壁に手を付けて目を閉じる……そして数十分後。

「ん、みつけた……ここ、イエロートパーズ王国？」

あっさりと、フレアがいると思われる場所を見つけた。

第七章　フレアとカグヤのパーティー潜入

俺とカグヤとシラヌイは、早朝の冒険者ギルドに来ていた。

学園からの依頼は継続してるけど、同じのばかりだと飽きる。

面白そうな依頼があれば受けてみようと、依頼が張り出される早朝の冒険者ギルドにわざわざやってきたのだ。

早朝のギルドはとても混む。依頼掲示板に依頼が張り出され、冒険者たちの取り合いが始まる。

冒険者にとって依頼は生活そのもの。報酬は大事だよな。

わかっていたが……冒険者ギルド、早朝はすごい混んでいた。

俺とカグヤとシラヌイは、冒険者ギルドの入口にいる。

「混んでるわね……」

「朝は依頼の取り合いとか言ってたな。どうする？」

「決まってるわ。突っ込む!!」

『わん!!』

カグヤとシラヌイはやる気満々。冒険者でごった返すギルド内に入ると、かなり歩きにくくて前に進むのが大変だった。

「おい押すな!!」「掲示板が見えねぇ!!」「ちょっとどこ触ってんのよ!!」

いろんな声が聞こえてきた。すると、カグヤが俺の胸に飛び込んでくる。

「わわっ⁉　ちょ、誰よ押したの‼」

「おいカグヤ、あんまりデカい声出すな。うるさい」

「はぁ？　って……馬鹿、近い‼　この変態‼」

「お前が抱きついてきたんだろうが」

カグヤ、朝からうるさい。すると、依頼書を持ったギルド職員が、掲示板に依頼を張り始めた。

この間、冒険者たちは掲示板から一定の距離を取る。先走る奴はいない。冒険者の暗黙の了解ってやつだ。

そして、全ての依頼を張り終え、ギルド職員が『拡声魔法』を使って言う。

『おはようございます。これより、冒険者ギルドの業務を開始します』

そして、冒険者たちが一斉に動き出した。

「うおおっ、動きだしたぞ」

「わわわっ⁉　ちょ、触んないでよ‼」

カグヤを抱きしめていたんだった。俺はカグヤから離れ、首をコキッと動かす。

「とりあえず、この依頼争奪戦に参加しますか‼」

俺は脱力。依頼掲示板に殺到する冒険者たちの動きを見極め、姿勢を低くして這《は》うように進む。

「流の型、『蛇行進《だこうしん》』」

にゅるにゅると、全身の力を抜いて進む技だ。先生との訓練では、わざと崖崩れを起こして落下してくる土砂や瓦礫《がれき》を躱《かわ》す訓練をしていた。人の流れを見極めて間を縫って進むことなど、俺にとっては造作もない。

「あいつ、やるじゃん……っく、アタシだって」

カグヤが動き始めた。でも、依頼はかなり少なくなっている。俺は依頼掲示板に接近し、張られてあった依頼を一枚剝がした。

こうして、朝の依頼争奪戦は幕を閉じたのである。

争奪戦が終わると、掲示板の前にいた冒険者はスゥーッと引いていった。

結局、カグヤは一枚も取れなかった。俺は、手に持った依頼書をカグヤに見せる。

「いやー……なかなか大変だった。カグヤ、お前はどうだった？」

「…………」

「あれ？　ない？　あれれ？　ああ～……悪い悪い」

「アンタマジでムカつくし!!」

「はっはっは。冗談だって。ほら、依頼受けようぜ」

「むー……」

さっそく依頼を確認する。

「「…………」」

依頼内容は、『ドブ掃除』と書かれていた。

「アンタ、なにこれ？」

「あ、あれ……お、おかしいな」

「アンタ‼　内容確認してから依頼取りなさいよ‼　適当に取ったんでしょ⁉」

「うぐ……」

グゥの音も出ないとはこのことか。確かに、確認もせず剝がしたけど。

すると、俺の足下にシラヌイが。

『わぅう』

「ん、シラヌイ……ん？　お前、それ何を咥《くわ》えてんだ？」

『くぅん』

シラヌイが咥えていたのは依頼書。内容を確認すると、『王城警備』と書かれていた。

「見ろよ、王城警備だってよ。ドブ掃除よりいいんじゃね？」

内容は、二日後に開催される王城で開かれるパーティーの警備だ。

「なんかつまんなそう……」

「そうか？　俺、受けてみたい。お城見てみたいなー」

「……まぁ、いっか。おいしい料理にありつけるかもだし」

こうして、俺とカグヤとシラヌイは、王城警備の依頼を受けた。

◇◇◇◇◇◇

さっそく王城へ向かい、門兵に依頼書を見せた。

「警備担当の冒険者か。よし、説明するからこっちにこい」

門兵の一人と一緒に警備室へ。

「二日後に、イエロートパーズ王城の研究員を招いて、中規模のパーティーを開催する。お前たちはパーティー会場の警備を頼む」

話を聞くと、どうも毎年、不審者が出るそうだ。なんでも、結果を出した魔法研究者への嫌がらせ行為が殆《ほとん》どだとか。他者の成功を祝えず、妬みや嫉妬を感じてしまう醜い心。ある意味、心の病と言えるだろう。

話を聞いていると、警備室に髭《ひげ》の生えたおじさんが入ってきた。

「ふう……参ったな。ん？　おお、冒険者か」

「隊長、お疲れ様です」

警備隊の隊長か。何か困っているようだ。

「おい、警備隊員で若い男を何人か見繕ってくれ。それと、女性隊員も」

「わかりました。あの……何かあったんですか？」

「ああ。今年は魔法研究者のルクセブ教授が『雷魔法と風魔法の融合』について出した論文があっただろ？　その件で表彰されるんだが……ルクセブ教授は敵が多い。間違いなく嫌がらせ行為がおきる……教授から、パーティー会場にも警備員を配置してくれとのことだ」

「なるほど。でも、若い男女というのは？」

「あー……実はな、ルクセブ教授の命令でな、警備員だとバレないように、正装させてパーティー会場に入れろというんだ。何かあったら迅速に動ける隊員が欲しいとな」

「ふむ……ん？」

と、存在を忘れ去られる寸前のところで、警備員さんが俺とカグヤを見た。

「……きみたち、何歳だ？」

「「十六」」

「……隊長、どうです？」

「ふむ……いけるな」

「「？」」

こうして、俺とカグヤはパーティー会場内の警備をすることになった。

◇◇◇◇◇◇

それから二日後。俺とカグヤは、王城の控室にいた。

「なんか動きにくい。これ、着なきゃダメなのか？」

「我慢してくれ。パーティー参加者は正装しなければならない決まりだ」

説明をした警備員さんことジョエルが、黒と赤を基調とした礼服を俺に着せ、髪の毛を梳《す》く。

カグヤは別室でドレスやら化粧やらやっているようだ。俺ですらこうなんだから、女のアイツはもっと大変だろうな。

すると、部屋のドアがノックされる。

「失礼いたします。カグヤ様の準備が整いました」

入ってきたカグヤは、ドレスを着ていた。

シルバーとエメラルドグリーンを基調としたドレスで、胸元は開いて肩が剝き出しになっている。足をすっぽり隠す広がったスカートは宝石が鏤《ちりば》められていた。さらに、首元には光るネックレス、長い髪はまとめられ、綺麗《きれい》なアクセサリーが添えられていた。

なんというか、別人みたいだな。

「あ～～～……動きにくっ」

うん、カグヤだ。顔を歪《ゆが》め、憎々しげにスカートを睨《にら》んでいる。

「おお、これはすごい……どこぞの国の姫君のようだ」

ジョエルが感心するが、俺はどうでもいい。

「ジョエルさん。パーティー始まったら、さりげなく周囲を警戒、怪しい奴がいたらブチのめしていいんだよな？」

「いやいや、ブチのめすんじゃなくて、捕えるんだ。パーティー会場内に警備員はいないと錯覚させ、犯人が行動しだい、現行犯で捕まえる」

「わかった。おいカグヤ、ちゃんとやれよ」

「うっさいわね。わかってるわよ」

ちなみに、俺とカグヤの衣装はレンタル。代金は警備隊持ちだって。

男女でパーティー会場に入る場合、男が女をエスコート？　……えっと、案内するらしい。

嫌だったが、しぶしぶ腕を出すと、カグヤも嫌そうに俺の腕を取る。

「はぁ～……なんでアンタと」

「こっちのセリフだっての。とりあえず、メシ食いながら警戒しようぜ」

「そうね。ふふふ、肉食べるわよ肉～♪」

「おい、みっともないからガツガツ食うなよ」

「うっさい‼」

俺とカグヤは並んでパーティー会場に入る。すると、すでに会場内にいた参加者たちの視線が突き刺さる……俺じゃない、カグヤだな。

「綺麗……」「あんな令嬢、いたか？」「どこの令嬢だ？」「あの男、誰だ？」

注目されてるな。さて、警戒……怪しい奴、いるかな。

「……すっごく見られてる。気分悪いわ」

「お前が美人で綺麗だから見られてんだろ」

「ぶっ⁉　あ、ああ、アンタ、そういうこと言うなっ‼」

なんか知らんが怒られた。

それから、パーティー会場には続々と参加者が。みんなドレスを着て登場する。

やたら香水臭かったり、やたらアクセサリーを着けていたり、みんな本気っぷりがすごい。

　すると、見知った顔が入ってきた。

「あれ、フリオニールとラモンじゃん」

「ホントね。あ、こっちに気付いた。来るわよ」

　フリオニールとラモン、そして格闘少女のレイラだ。三人とも正装していた。

　フリオニールは、いつも以上に髪の毛がガチガチになっている。

「まさか、こんなところで会えるなんて。どうしてここに？」

「依頼でな、怪しい奴が出るかもしれないから、客に扮《ふん》して警備してる。そういうお前たちこそ、なんでここに？」

　すると、ハンカチで汗を拭いながらラモンが言う。

「ぼくの家に招待状が届いてね。三人まで招待できるみたいだから、フリオニールとレイラを誘ったのさぁ」

「お前、貴族なのか？」

「まぁねぇ。ま、ぼくは四男で家は継げないけどぉ」

　レイラは緊張しつつ、カグヤに言う。

「ラモンくんからドレスを借りて来たんですけど……わ、私、場違いですよね」

「そんなことないわよ。アタシだって場違いだし。正直、こんなクソドレス脱ぎたい」

「く、クソって……ふふ、さすがカグヤさんです」

「いや、マジな話よ？」

それから、俺とカグヤは料理を楽しみながら周囲を警戒。ラモンが肉をガツガツ食い、真面目なフリオニールは何故か周囲を警戒……ああ、手伝ってくれてんのね。レイラは少し緊張がほぐれたのか、料理をチマチマ食べ始めた。

そして、本日の主役であるルクセブ教授が登場。髭が生えた痩せているおじさんって感じだな。

壇上に上がり、挨拶をする。

「皆様、本日はお集まりいただき、誠にありがとうございます」

ん────……僅かな殺気。

カグヤも気付いた。殺気を辿《たど》ると、小さな筒を持った男が、ニヤニヤしながら筒をルクセブ教授に向けていた。

それだけじゃない。殺気はあと二つある……おいおい、全員同じ筒を持ってるぞ。

俺は、フリオニールとレイラに言う。

「二人とも、協力してくれ」

「え？」「お、おお」

二人はビクッとする。とりあえずメシに夢中なラモンは放置。

カグヤはすでに動いていた。筒を持つ男の背後にピッタリ付く。

「あそこにいる男と、あそこにいる女。手に筒があるだろ？　あれ、たぶん銃みたいな武器だと思う。あれが発射されたら、二人で犯人を押さえてくれ」

「え、わ、私が、ですか？」

「ああ。フリオニール、お前は？」

「……協力しよう。だが、発射後でいいのか？　発射前に押さえれば」

「発射されたら俺が止める。発射後なら、すぐに取り押さえれば現行犯で捕まえられる」

「でも、フレアさん……危険なんじゃ」

「大丈夫。じゃ、頼むぞ」

俺はさりげなくルクセブ教授の近くへ。カグヤ、フリオニール、レイラも、怪しい連中の背後に回った。よーし……あとは、こいつらが動けば。

「それではみなさん、グラスを手に――――……」

ルクセブ教授がグラスを掲げる。そして、怪しい奴らの手にある筒が、パカッと開いた。

「それでは、乾杯!!」

「「「「乾杯!!」」」」

大勢の声が重なった瞬間、筒から何かが発射された。

俺は飛び出し、飛んできた何かを両手の五指を使って全て掴《つか》む。

「ぐわっ⁉」「きゃあっ⁉」「ぐはっ⁉」

同時に、襲撃犯の三人が叫ぶ。カグヤの股間蹴りで男が悶絶《もんぜつ》、レイラが女の腕を取り、フリオニールが男の関節を極めた。

いきなりのことで仰天するルクセブ教授。そして会場。

俺はポケットから冒険者の証を見せ、教授に言う。

「警備の冒険者です。怪しい三人組がいたんで、とっ捕まえました……どうやら、乾杯の合図と同時に、この針を教授に向けて撃ったようですね。毒が塗ってあります……死に至るようなモンではないな」

「なんだと……」

フリオニールが、よく通る声で言う。

「犯人に間違いありません!!　毒針を発射した凶器を所持しています!!」

カグヤとレイラも、押さえていた連中から凶器を押収した。

よかった……なんとか、教授を守れたようだ。

◇◇◇◇◇◇

パーティーは中止。襲撃者の三人は連れて行かれた。どうも、ルクセブ教授の教え子だったようで、教授に見放されたとか、ちゃんと教えてくれないとか、恨みつらみを語ったようだ。

俺とカグヤは依頼だから当然だけど、手伝ったフリオニールとレイラは、教授個人から謝礼をもらっていた。ラモンはメシ食っただけなので特にない。すまんなラモン。

フリオニールとレイラは、謝礼で飯を奢《おご》ってくれた。

依頼を終え、冒険者ギルドで報酬を受け取ったカグヤは言う。

「ドレスとか、アタシには似合わないわね」

「そうか？　綺麗だったし、すごく似合ってたぞ」

「…………」

「何だよ？」

「……別に」

カグヤは、何故かそっぽを向いた。

第八章　ＢＯＳＳ・アナンターヴァイパー

俺とカグヤは、その後も魔法学園に通って模擬戦の相手をした。

新入生だけでなく、在校生の相手もさせられた。ぶっちゃけあんまり大したことがない……実戦経験はあまりないのかもしれない。

そして、仕事終わりにフリオニールたちと飯を食うようになった。

「おーい、二人とも!!」

「お、フリオニールたちだ」

待ち合わせ場所は、冒険者ギルド前。依頼の報告を終えると必ず三人でやってくる。

ラモンが汗をハンカチでぬぐいながら言った。

「ふぃぃい、今日も暑いねぇ」

「いや、普通だと思う。ラモン、もっと痩せれば？」

「ははは。ボクは標準体重さ」

とてもそうは思えん。腹は出てるし顔つきも真ん丸だし。

レイラはシラヌイを撫《な》でながらカグヤに言う。

「カグヤさん、カグヤさんの言う通りに戦ってみたら、上級生に一撃入れることができたんです!!」

「うんうん。その調子で頑張りなさい!!」

「はいっ!!」

『わぅぅん』

女の友情なのか、カグヤも満更ではなさそうだ。レイラもカグヤと俺を先生みたいに思ってるのか、いろいろ戦闘に関しての質問をしてくる。

もちろん、フリオニールとラモンもだ。

「さ、食事にしよう。昨日は魚だったから、今日は肉にしないか?」

「お、いいねぇ～。ボク、お肉ならいくらでも入るよぉ」

「そうですね。今日はいっぱい食べたい気分です!! カグヤさん、一緒に食べまくりましょう!!」

「もちろんよ。アタシ、毎日肉でもいいわ!!」

「俺はやだぞ……まぁ今日は肉でいいけど。シラヌイもいいか?」

『わんわんっ!!』

こんな感じで、魔法学園の依頼を指名で受けて十日……イエロートパーズ王国での生活になじんでいった。

そして、ついにその日がきた。

「ヴァルフレア様、カグヤ様。本日より四等冒険者に格上げとなりました。おめでとうございます」

いつもと同じように、魔法学園での模擬戦相手を終えてギルドに報告すると……なんと、俺とカグヤの冒険者等級が上がった。

いきなりのことで驚き、顔を見合わせる俺とカグヤ。

「え、い、いきなり？」

「ま、マジですか？」

「はい。依頼達成数が一定に達しましたので格上げです」

「じゃ、じゃあ……討伐依頼、受けられる？」

「はい」

「お、おお……やったぞ!!　四等だぞ四等!!　あと一つ上げればダンジョンに挑戦できる!!」

「あ、質問!!　SSレート倒せば等級上がる？」

「はい。SSレート討伐はかなりの功績ですので、四等から三等に上がるのは間違いないでしょうね」

「「よーし!!」」

俺とカグヤはハイタッチ。これで次の依頼は決まりだ。

「えー、魔法学園の指名依頼は如何なさいますか？　明日も指名で入っているのですが」

「えー……もうやんなくていいわよ。ね、フレア」

「そうだけど……まぁ、世話になったし、明日だけ参加して事情説明して終わらせるか？」

「うぇぇ～？　面倒くさいぃ」

「フリオニールたちにも言っておかなきゃだろ」

「……ま、いいかぁ」

というわけで、明日一日だけ魔法学園の依頼を受け、その次は討伐依頼を受けることにした。

ギルドを出ると、シラヌイを撫でるレイラ、話をしているフリオニールとラモンがいた。

「やぁ、お疲れ様。さっそく食事に行こう」

「ああ、そうだな。話したいこともあるし、さっさとメシにしようぜ」

俺がそう言うと、三人は首を傾げた。

ここ数日通っている大衆料理店で食事をして、俺とカグヤの等級が上がったこと、魔法学園の依頼は明日で最後にすることを報告する。

「そっかぁ。でも、等級が上がったのはおめでたいよねぇ」

「確かに‼　フレアさん、カグヤさん、おめでとうございます‼」

「ありがとね‼」

カグヤとレイラはグラスを合わせる。すると、フリオニールが大きく頷《うなず》く。

「君たちが魔法学園の依頼を受けるのは明日で最後だが、食事は一緒にしてくれるんだろう？」

「もちろん。なぁカグヤ」

「ええ。アンタたちと食べるの好きだしね」

そう言って、俺たちはもう一度乾杯した。

◇◇◇◇◇◇

魔法学園の教師たちからは残念がられたが、最後の模擬戦を終えた。

魔法学園は三年制で、結局俺とカグヤは殆《ほとん》どの生徒の相手をした。ま、誰一人として俺とカグヤを傷付けることはできなかったが。

最後に、教師たちからお礼の言葉をもらい、冒険者ギルドに報告。これからの模擬戦相手は他の冒険者に依頼するらしい。でも、気が向いたら受けてくれとのことだ。

今日はフリオニールたちはいない。魔法学園は座学もあるので、宿題があるとか言ってた。というわけで今日は俺とカグヤとシラヌイだけ……なんか、フリオニールたちがいるのが当たり前だったからちょい寂しい。

「ふふん。四等四等〜♪」

「なんだ、ご機嫌だな」

「まぁね。等級上がるの初めてだし」

「四等だけどな」

「ま、地道に行きましょ。で、今日は二人きりだし、何食べる？」

「そうだな……フリオニールたちはいないし、明日は討伐依頼を受けるし、前祝いで肉行こうぜ」

「お、いいわね。じゃあ焼肉!!」

「おっし。行くぞシラヌイ」

『わぅぅん!!』

今日は焼肉を食べ、明日に備えて早く寝ることにした。

そして翌日。再び冒険者ギルドへ……そして、依頼掲示板に貼ってある『アナンターヴァイパー討伐』の依頼書を剝がして受付へ。

「じゃ、これで!!　ふふーん……今度は四等として受けるわ。問題ないわね!!」

「確認しました。依頼内容の確認です。標的はSSレート魔獣アナンターヴァイパー、討伐後は解体し、毒袋と牙と眼球を持ち帰ること。報酬は大金貨十枚。依頼者は魔法学園理事長ブリコラージュ様です」

「はいよ。毒袋と牙と眼球ね……えーっと、毒袋って普通の蛇と同じかな？」

「少々お待ちください………過去の討伐記録によると、アナンターヴァイパーは八つの頭を持つ大蛇です。毒袋は頭部にあり、最も大きな頭部から取れる毒袋が好ましい……とあります」

出現場所は、デスグラウンド平原の森。イエロートパーズ王国から徒歩で半日くらいの場所だ。

俺とカグヤなら走ればすぐに着く。

依頼を受け、俺とカグヤはギルドの外へ。

「ま、とりあえずぶっ倒せばいいってことだ」

「楽でいいわね。それに、道中も魔獣がいたら狩るわよ」

「ああ、俺も第三地獄炎と第一地獄炎のオーバードライブをもっと試したい。のんびり行こうぜ」

「ええ、じゃあ行くわよ!!」

「はいよ。ってか仕切んなよ」

『わうぅ』

さーて、SSレート魔獣倒してさらに昇格するぞ!!

◇◇◇◇◇◇

デスグラウンド平原。

イエロートパーズ王国周辺の平原。というか、イエロートパーズ王国は特殊で、集落や町がない。その理由はこのデスグラウンド平原だ。

ここにいる魔獣のレートは非常に高い。A～級の魔獣が群れで闊歩《かっぽ》したり、とんでもなくデカい鳥や二足歩行の化け物が歩いていたり……しかも地形も変な形で、湖があったり小高い丘があったりなぜか洞窟があったりとめちゃくちゃだ。

だが、住んでる魔獣が強い分、ここの魔獣の素材はけっこうな金になる希少なものが殆どなのだとか。一攫千金《いっかくせんきん》狙いでここに来て帰らぬ者に……なんてのはザラらしい。

俺とカグヤは、イエロートパーズ王国の裏門からデスグラウンド平原へ。分厚い鉄の門の先は断崖絶壁になっていて、細い橋が掛けられていた。

「ここがデスグラウンド平原かぁ……お、見ろよ、でっかい鳥だ」

「ほんとだ。あ、あっちには……なにあれ？　カマキリ？」

「さすがにこの断崖絶壁は越えられないみたいだな。シラヌイ、落ちるなよ」

『わんわん‼』

「じゃ、さっそく魔獣探しに行きましょ‼　今日のご飯は蛇肉～♪」

「お前、食うつもりか？」

細い橋を渡ると、橋は上がり通行できなくなった。

おいおい、もう戻れ……るな。俺とカグヤなら飛んで行ける。

「えっと、ギルドからもらった地図によると、アナンターヴァイパーは平原北の巣穴にいるらしい」

「じゃ、道中戦いながら向かおっか」

というわけで、デスグラウンド平原でのサバイバルバトルが始まった。

俺、カグヤ、シラヌイはデスグラウンド平原では小型の部類だ。

なので、さっそく目を付けられた。

『ウォォォォーーーーンンンッ!!』

「お、なんだあれ？」

黒いゴツゴツしたオオカミが遠吠《とおぼ》えをした。すると、同じオオカミが一斉に集まってきた。

その数……百か二百。おいおい、いきなりの洗礼だな。

飛び出そうとしたカグヤの襟を引っ張り、俺は左手に黄色い炎を出す。

「さっそくやらせてもらおうか!!」

黄色い炎が左手に絡みつく。そして、炎は形となり顕現する。

黄色と黄土色が混じった巨大な爪手甲が装着された。

「魔神器――――『大地の爪《テラ・ベ・ウェイン》』!!」

第三地獄炎の神獣ガイアの力、見せてやる。

俺は左手に炎を集め、思いきり地面に突き刺した。

「第三地獄炎、『泥々深淵《でいでいしんえん》』!!」

俺を起点とし、大地がドロドロに……そう、泥沼に変化した。

『ガッ⁉　ゴッボ、ガルルォ……』

『ガボッ、ゴボボ……』

カグヤとシラヌイは俺の傍にいるから大丈夫だが、一斉に突っ込んできたオオカミたちは泥沼にハマっていく。そして、ゴボゴボ言いながら沈んでいった。

第三地獄炎は大地に干渉する炎。

土や砂を操る『大地讃頌《だいちさんしょう》』と違い、『泥々深淵』は大地を泥化して操る。弱点は同じく左手を地面に突っ込んでなきゃいけないことだけどな。

オオカミたちは半分ほど飲まれようやく止まる。すると、我慢できなくなったカグヤが飛び出し、オオカミの一匹を蹴り飛ばした。

「さぁ、かかってきなさい!!」

『グルルォォッ!!』『ガウガウッ!!』『ガルルッ!!』

「あいつ……まぁいいや。俺もまだ本気じゃないしな!!」

泥を固め解除。『大地の爪』も解除し、右腕に赤い炎を燃やす。

新しく手に入れた力、試させてもらおうか。

「魔神解放《オーバードライブ》!!　『火乃加具土命《ヒノカグツチ》・煉獄絶甲《れんごくぜっこう》』!!」

魔神器の真の姿――右手の籠手《こて》がなくなり、背後に真紅の鎧《よろい》兵士が立つ。

炎が詰め込まれた鎧兵士は、俺の意思のままに動く。もちろん……格闘術も使える。

「アンタ、あんまり張り切らなくていいわよ」

「うっせ。お前こそ」

『ガルルルルッ!!』

と、シラヌイがオオカミに飛びつき喉笛を食いちぎった。

「「あ……」」

『わんわんっ!!』

シラヌイは得意げにほほ笑み、オオカミの群れに突っ込んだ。

◇◇◇◇◇◇

『火乃加具土命・煉獄絶甲』は、俺の意思で自在に動く。

でも……俺が動きながらの操作は至難だった。俺と全く同じ動きをするから、全然関係ない場所で妙な動きをしたりする。何もない空間でパンチやキックをするのはちょっと間抜けだ。

「くっそ、使いづらい……」

「ちょっと邪魔!!」

「うわっ⁉」

煉獄絶甲が見当違いな場所でパンチやキックを繰り出し、カグヤの邪魔になっていた。

俺は立ち止まり、煉獄絶甲を操ることに集中する。

「よし……いけっ‼　そこっ‼　滅の型、桜花連げ――――『わうわうっ‼』……え」

シラヌイが俺の背後にいたオオカミに飛びつき喉笛を嚙《か》み千切る。

やばい。煉獄絶甲の操作に集中してたせいで背後が疎かになってた。

「くっそ……‼」

仕方なく解除する。

煉獄絶甲の操作がこんなに面倒だとは。一撃一撃の力は俺より遥《はる》かに上だし、常に燃えているから飛び道具は途中で燃え尽きる。しかも全身鎧だから物理攻撃も効かない。

それに、魔神器の真の姿……オーバードライブには弱点があった。

「ぶっはぁ……くそ、怠《だる》い」

体力をめっちゃ消費する。

一日ぶっ通しで先生と模擬戦したときのように身体《からだ》が重い。

たぶん、オーバードライブは一日数分しか使えない。強力な分、制約も多い。

「アンタ、お疲れなら休んでなさい」

「うっせぇ‼」

カグヤはまだまだ余裕だ。群れで襲い掛かるオオカミを見事な足技で蹴り殺している。

俺は重くなる身体を奮い立たせた。

「流の型・滅の型『合《あわせ》』……『山茶花舞《さざんかまい》』‼」

攻撃を躱《かわ》しつつオオカミの集団を蹴り飛ばす。

カグヤもシラヌイも戦い、ようやくオオカミたちが撤退した。

足元には、首がへし折れたり内臓破裂で転がるオオカミの山ができている。

「終わり。ふん、楽勝ね」

「だな……あぁ～疲れたぁ」

「体力少なっ……アンタ、走り込みからやり直したらぁ？」

「うっせぇな」

『きゅぅーん』

「よしよし、ありがとなシラヌイ。まだまだ平気だぞ」

煉獄絶甲はまだまだ慣れが必要かな……敵もまだまだ出そうだし、少しずつ慣れていこう。

◇◇◇◇◇◇

デスグラウンド平原にはいろんな魔獣が出た。

地図を見ながら、アナンターヴァイパーが出たと思われる森の中を目指し進む。

イエロートパーズ王国を背後に、北北西の森。その森の中腹にある穴倉でアナンターヴァイパーを発見した……という情報だけが頼り。

依頼とは別に、ギルドからの頼みもあった。

依頼書と一緒に渡された冊子があり、その中にはデスグラウンド平原に出現する魔獣の詳細が記されていた。どうもデスグラウンド平原の魔獣全てを網羅しているわけじゃないらしく、冊子に書かれていない魔獣の詳細を書いてほしいとのことだ。

俺は冊子を読みながら、町で買ったサンドイッチを齧《かじ》る。

「お、さっきのオオカミ、ブラックウルフって言うらしいぞ。討伐レートはC+～で、五十匹以上の群れになるとBレートになるみたいだ。個体じゃなくて群れの数でレートが変わるらしい」

「へぇ～、変わってるわね。あむ」

カグヤもサンドイッチを食べる。

森に向かって歩くが、特に警戒はしていない。どんな魔獣も現れたら倒すと決めたから、隠れて進むつもりが全くない俺とカグヤ。

シラヌイが前を歩き、平原の段差を越えて林の中へ。

『グルルル……』

「ん、どうしたシラヌイ――――っ!?　カグヤ!!」

「へ？」

次の瞬間、木の上から何か落ちてきた。

俺とシラヌイはその場から離れるが、サンドイッチを齧っていたカグヤはそのままだ。

そして、その何かはカグヤを直撃する。

「ごっぼっ⁉　ばば、ばびぼれ⁉」

「な、なんだこれ……？　み、水か？」

それは、透き通る水色の球体だった。

直径三メートルくらい。球体の中央に丸い球が浮いている。

カグヤを包む球体は空中で波打っている。カグヤは暴れるがすぐにピタッと止まる……息ができてない。それだけじゃない、この水……何かおかしい。

『ごっぼぁ……びゃ、びゃばび……』

「カグヤ‼　くそ、こいつ……」

俺は冊子を取り出しページをめくる。すると見つけた、水色の球体型魔獣の詳細だ。

Aレート魔獣『ヒュージマナスライム』だ。

木の上で獲物を待ち伏せて覆いかぶさるように丸呑《の》みし、ゆっくりと消化する。水色の液体はゼリー状で、中央の球体が弱点か。

「カグヤ‼　その水色の玉が弱点……無理か。って、おいおい、溶けてるぞ」

カグヤは喉を押さえている。そして……服が少しずつ溶けていた。

鉄のベルトやオリハルコン製のレガースは溶けていない。でも服は溶けている……なるほどな、こいつにも溶かせないものがあるのか。

『わんわんっ‼』

「ああ、とりあえずカグヤを助けるか」

『ご、っぼぉ……』

そろそろ息も限界だろう。

俺は全身を赤い炎で燃やし、右手を前に突き出し左手を後ろへ向ける。そして左手から思いきり炎を噴射し、ヒュージマナスライムに向かって突っ込んだ。

右手からヒュージマナスライムに突っ込み、カグヤを摑《つか》み、そのまま反対側へ飛び出す。

ヒュージマナスライムを貫通する形でカグヤを救出……カグヤを地面に落とした。

「う、げぇぇぇっぼ‼　おっぇぇぇぇぇぇーーーっ‼」

カグヤは口から青いゼリーをゲーゲー吐き出す。どうやらけっこうな量を飲んでしまったようだ。

ゲーゲーしてるカグヤを放置し、俺はスライムにトドメを刺す。

「第二地獄炎、『ディープフリーズ』」

右足から放たれた蒼《あお》い炎がヒュージマナスライムを包み込む。すると……水分の塊みたいなスライムは一瞬で氷結。地面に落ちるとバギンッと砕け散り、スライムの核がコロコロと転がってきた。

それを摑んでポンポンと弄《もてあそ》ぶ。

「これも素材みたいだな。傷もないし、高く売れるっぽいぞ」

「ぜー……ぜー……し、死ぬかとおもったぁ」

「ふふん。感謝しろよ」

「っく……アンタに借りを…………――って」

俺の方に振り向いたカグヤとばっちり目が合い……カグヤは硬直。

自分の状態に気付くと顔を赤くし蹲《うずくま》った。

「みみみ、見んなぁぁぁっ!!　あっち向けこのバカぁぁぁっ!!」

「は？　なんで？」

「ふふ、服!!　服と下着出しなさいっ!!」

「ああ、服な。溶けちまった。ちょっと待ってろ、お前の下着ってどれだ？」

「カバンごとよこしなさいこのバカッ!!」

「はいはい。裸くらいいいじゃん……変なやつ」

「黙れこのバカ!!」

カグヤは、ヒュージマナスライムに取り込まれたおかげで服が溶けて素っ裸だった。俺は別に気にしないけど……あ、そういえば、女って裸を見られるの嫌なんだっけ。

着替えを終えたカグヤの顔は赤い。

「下半身の装備だけで上半身は素っ裸って、かなり面白いスタイルだよな」

「殺す」

カグヤの本気の蹴りをギリで躱し、俺たちは林を脱出した。

◇◇◇◇◇◇

その後も、魔獣と遭遇しては戦闘した。

まず、林の出口付近でブタに乗った緑色の巨人が出た。

「なんだこいつ⁉　ブタに乗った……ゴブリン？」

「オークライダーゴブリンよ‼　オークに乗ったホブゴブリン‼」

ゴブリンを消し炭にして林から出ると、気持ち悪いムキムキのハゲワシに襲われた。

「なんだこれ⁉」

「フェザーハゲワシ‼　A＋レートの魔獣‼」

「詳しいな、カグヤ」

「冒険者ですからっ‼」

ムキムキのハゲワシことフェザーハゲワシをカグヤは蹴り殺した。

そのまま森に向かって進み、小さな泉を見つけたので休憩。

『ブシャァァァァァーーーッ‼』

『ガルルルルッ‼』

「シラヌイっ‼　おいカグヤ、こいつは⁉」

「えっと……わかんない」

泉で水を飲もうとしたシラヌイを喰《く》おうとワニが襲い掛かり、シラヌイと戦闘になった。

シラヌイは身体を炎で包み、ワニを陸に誘って頭に喰らいつき、強靱《きょうじん》な牙と顎の力で硬い鱗《うろこ》を噛み千切った……すっげぇ、シラヌイも強くなってる。

せっかくなのでワニ肉を解体し焼いて食べる。今まで食べた肉の中で最高に美味かった。

休憩終わり。森に向かって進む。

今度は、全長百メートルはありそうな巨大亀が、のっしのっしと俺たちの前を横切った。

「で、でけぇ……」

「えーっと……アダマントタートルね。こいつの甲羅はミスリルよりも硬く、アダマントタイトって呼ばれてるらしいわ。装備系職人にとって最高の素材の一つだって」

カグヤが冊子片手にそう言う。

こいつも敵かと見上げていると、巨大亀はチラリとこちらを見た。

でも、見られてわかった。この亀……めっちゃ穏やかな感じ。俺たちに興味ないのか、そのまま去って行った。

「なんか優しそうな亀だったな」

「そう？　亀肉に興味あったけどねー」

「やめとけ。さっきのワニ肉で我慢しろよ」

「はいはい」

『わんわん』

アダマントタートルがいたせいなのか、周囲に魔獣はいなかった。

森までもう少し。俺とカグヤとシラヌイは競争するように走り……到着した。

森の入口で立ち止まる。

「ここかぁ……くんくん、なんか生臭いな」

『くぅぅん』

「シラヌイ、あんたわかる？　ヘビよヘビ」

『わぅぅん』

シラヌイは首を振る。どうやらまだわからないみたいだ。

俺は拳を鳴らし、屈伸と足の曲げ伸ばしをする。

「ま、入ればわかるだろ。行くぞ」

「仕切んないでよね、まったく」

『わんわん‼』

森の中は不気味なくらい静まり返っていた……理由は簡単。この森の中にはアナンターヴァイパー以外の生物や魔獣がいない。ここの主がアナンターヴァイパーであることは間違いない。

冊子片手に森を進む。

「なになに、アナンターヴァイパーは八つの頭を持ち、それぞれの頭にピット器官という熱を探知する器官を持つ。アナンターヴァイパーのピット器官は住処《すみか》の森全ての熱源を探知し、森に入った獲物に噛み付き毒を送り込み弱らせ、死んでから丸呑みする……だってよ」

「ふーん。なんで死んでから丸呑みすんの？」

「あー……たぶんだけど、昔先生が言ってた。獲物には死ぬと身体の中で旨味《うまみ》成分を作り出す奴《やつ》がいるって。死んで少し置いてから食べた方が美味い奴もいるって」

「へぇ、じゃあアタシらも死ぬと美味しいのかな？」

「さーな。死んだことあるけど食われたことないからわからん」

こんな会話をしているが、先程のヒュージマナスライムの一件もあり最大級の警戒をしている。

ヒュージマナスライムに襲われたのは、あのスライムが明確な『意思』を持っていなかったからだ。どんな生物にも意思はあり、襲おうとする意思や殺気は必ず漏れる。それを察知して俺やカグヤは危険予測をするのだ。

今回は『意思』だけでなく、周囲の景色にも警戒する。

移動すれば地面を踏みしめたり、藪《やぶ》を擦って葉擦れの音がしたりするはず。呼吸音や心音、匂いなど、情報はいくらでもある。

「頭が八つ……カグヤ、一つは残しておけよ」

「ええ、アンタこそ、燃やし尽くさないでよ」

『くぅぅ……』

そして、俺たちは無言になる。

森の中を進むと――――あった。洞窟のような穴がある岩場。間違いなくアナンターヴァイパーの巣穴だろう……でも。

「留守、かな?」

「……いや」

『…………』

シラヌイの尻尾の揺れが止まる。

俺は指をペキッと鳴らし、カグヤも足で地面を踏みしめる。

「大したモンだよ……これが野生の恐ろしさか」

俺は瞬間的に横っ飛び――――背後から現れた刺突を回避した。

正確には刺突ではない。生物的な、グネグネした緑色の鞭《むち》……いや、ヘビだった。

『シュゥゥルルル……』

「出やがった……しかも、デカい」

まるで、鞭のような丸太だった。

顔や形は蛇なのだが、顔を守るように扇状に皮が広がっている。冊子には頭が八本と書いてあるのに、俺たちの前に現れたのは一本だけだった。

しかも長い。森の木々を縫うように、俺たちの背後から現れた。

『シャァァァァーーー――――……』

静かな威嚇だった。

口を開けると反り返った長い牙があり、目は赤く爛々《らんらん》と輝いている。牙の先端から黒い液体がポタポタと落ち、どう見ても毒だった。

「こいつが、アナンターヴァイパー……でっかいヘビだな。喰えると思うか？」

「蛇なら食えるでしょ……って、油断すんじゃないわよ。毒にやられたら死ぬわ、たぶん」

「ああ。頭は八つらしい、どこかに隠れてるかもな」

『グルルル……ッ‼』

シラヌイも全身を燃やし戦闘態勢に。

俺とカグヤも対峙《たいじ》し、構えを取った。

「さぁ、ダンジョン挑戦に必要な素材!!　アタシが退治してやるっ!!」

そう、俺たちの目的はあくまでダンジョン。こいつは単なる依頼素材だ!!

◇◇◇◇◇◇

下手に炎で攻撃するとあっさり焼き尽くしてしまうかも。それに、森の中じゃ炎は使えない。

水場があれば第二地獄炎を使えたかもしれない、だが水場が近くにはない。

なら、これしかない。

「魔神器————『大地の爪』」

俺は左手に黄色の炎と一緒に魔神器を出す。

大地に手を突っ込む必要があるが、隙だらけになるので今はやめておく。

『シャァァァァーーーッ!!』

「来たぞっ!!」

俺がそう叫ぶとカグヤが飛び、シラヌイも飛ぶ。

前衛を任せ、俺は周囲の警戒をする。頭が八本という情報は忘れていない。恐らく、頭の一本で
俺たちの相手をして、残りの頭は隙を窺《うかが》ってるんだ。

「────カグヤ!!　気を付けろ!!」

「わかってる!!」

最初に現れたヘビの顎に飛び膝蹴りを食らわせたカグヤの真横からもう一匹の蛇が現れた。大きな口を開けて牙から毒液が垂れている。

「第三地獄炎、『大地讃頌』、『土乃手《つちのて》』!!」

俺は地面に手を突っ込み黄色い炎を出す。そして、カグヤを襲おうとしたヘビの真下から土の手を作りだし、頭に向かって伸ばし掴む。

『シャァアッ!!　シャァアッ!!』

「っく……暴れんな!!　カグヤ!!」

「いい援護ね、感謝っ!!　裏神風流《うらかみかぜりゅう》、『鎌居太刀《かまいたち》』!!」

レガースの脛《すね》を刃に変えたカグヤの蹴りが、ヘビの首を両断した。

頭が転がり血が噴き出す……残り七匹。

『わうわうっ!!』

「ん、っとぉおっ!?」

シラヌイが吠えたおかげで、俺の背後から迫るヘビに気が付いた。

俺は横っ飛びでヘビを回避。するとヘビが大口開けて俺のいた場所に突っ込んだ。

俺は『回転式』を抜き、ヘビめがけて全弾発砲。頭に弾丸が食い込みヘビは大暴れだ。

『ブッシャァアアーーーーーッ!!』

「こんのっ……あっぶねぇだろうが‼」

回転式をホルスターに収め、右手の仕込みブレードを展開。暴れるヘビの頭に飛び乗り、弾丸が食い込んだ場所めがけてブレードを突き刺した。

突き刺さった場所は脳ミソだろうか、ヘビの動きがプツンと止まり、そのまま横倒しに。

残り六匹……くそ、めんどくさい。

「シラヌイ、その調子っ‼」

『わうわうっ‼』

カグヤとシラヌイを見ると……ま、マジか？　ヘビの頭がいくつも転がっていた。

その数五、どうやらシラヌイを囮《おとり》にしてカグヤが頭を蹴り飛ばし……いや、斬り飛ばしているようだ。なんともまぁ、息の合った連携だ。

そして、残りの頭は一つ……俺とカグヤはヘビの胴を伝って本体のある場所へ。

そこには、これまでとは違う大きさのヘビがいた。

『シャァァァアーーーーッ‼』

めっちゃ怒っている。そりゃそうだ。自分の頭七つをフッ飛ばされたんだからな。

アナンターヴァイパーは、大きな胴体に八つの頭が生えたヘビだ。胴体の中心に大きな頭が生え、これが最後の一本であると同時に本体でもある。

俺は『大地の爪』を展開。ヘビの身体から飛び降り、地面に手を突っ込んだ。

「第三地獄炎、『泥々深淵』、『黄泉泥《よみどろ》』」

俺は第三地獄炎でアナンターヴァイパーの足下を泥沼に変換。アナンターヴァイパーは動きもままならず飲み込まれていく。

胴体が飲み込まれ、頭だけが出ている状態で地面を硬化させた。

「カグヤ、最後よろしく」

「なんか後始末みたいで気分悪いわ。ったく」

『フッシャァァァァーーーッ!! ブシャァァァァァーーーーッ!!』

「じゃ、おしまい!!」

カグヤはレガースを刃にして、アナンターヴァイパーの首を切断した。

血が噴水のように噴き出すがすぐに止まり……アナンターヴァイパーの目から光が失われた。

こうして、SSレート魔獣アナンターヴァイパーは討伐された。

めんどくさがるカグヤのケツを叩《たた》いて解体をし、アナンターヴァイパーの素材を全て集めた。

牙、眼球、毒袋……俺が銃で撃ったやつ以外は全て回収できた。

毒袋はギルドから支給された専用のケースに入れ、牙は触れないように鉄のケースに、眼球はゼリーみたいな液体が入った箱に入れた。

ヘビ肉も回収。せっかくなので炙《あぶ》って食べてみたら……ヤバいくらい美味かった。

なので、ヘビ肉は大きな葉っぱに包んで持って帰ることに。

「あとの残りは魔獣たちが食うだろ。よし、日が暮れる前に帰ろうぜ」

「ええ、走れば夕方くらいには帰れそうね。アンタ、アタシの裸を見てお尻を触った罰として一人で持ちなさいよ」

「え、マジかよ」

『わぅん』

ま、素材と肉の重さだけだし大したことはない。

俺とカグヤとシラヌイは森を抜け、イエロートパーズ王国へ向けて走り出した。

第九章　断髪式

「本当に、よろしいのですか?」

「うん。やっちゃって」

椅子に座ったプリム。正面にはアイシェラ。プリムの背後にはクロネがいる。

クロネの手にはハサミがあり、シャキシャキと具合を確かめるように動かしていた。

アイシェラは、まだ納得していないように言う。

「お嬢様のお美しい髪を切るなんて……」

「いいの。心機一転、新しい私として冒険に出る儀式みたいなものよ」

プリムは、クロネに散髪を頼んだ。腰近くまである長い髪を、バッサリ切ろうというのだ。

アイシェラは止めたが、プリムの決意は固い。

クロネは、最後の確認をした。

「本当にいいんだにゃーん?」

「はい。バッサリお願いします」

「うう、お嬢様のお美しい御髪《おぐし》がぁ~……」

クロネは、プリムの髪をバッサリ切った。

腰近くまであった長い髪は、肩にかかるくらいに短くなった。さらに、今まで着ていたドレスではなく、冒険者のような、動きやすい服に着替えている。

ロングスカートではなく、短めのミニスカート。上半身も、女性らしいデザインを優先した冒険者御用達《ごようたし》の洋服店で買った服を着ていた。革製なので防御力も高い。

さらに、腰には短剣が差してある。クロネに言われ、護身用に買ったものだ。

髪を切り、着替えを済ませたプリムはその場でくるりと回る。

「うん。しっくりくる。うう～……冒険したくなってきました！」

「テンション高いにゃん……ねぇ、あいつはいいのかにゃん？」

「え？　……アイシェラ、何やってるの」

アイシェラは、プリムの髪を集めていた。

「いえ、この髪で編み物をしようと思いまして。ふふ……お嬢様の髪」

「没収です。クロネ、捨ててきてください」

「にゃん」

「ああああああっ⁉」

髪を没収されたアイシェラは、本気で悲しんでいた。

こうして全ての準備を終えたプリムたちは、ブルーサファイア王国を出発した。

◇◇◇◇◇◇

プリムたちを乗せた船は、イエロートパーズ王国へ向けて順調に進んでいた。

プリムは、船室で読書をしようと思ったがすぐに気持ち悪くなったので断念……船の揺れを感じながら文字を追うと、どうも気分が悪い。

クロネはベッドで丸くなっている。こちらも気分が悪いようだ。

「にゃうぅ～……キモチわるいにゃん」

「船酔いですね。お水、飲みますか？」

「飲んだにゃん……」

「ん～……あ、そうだ」

プリムはポンと手を叩《たた》き、クロネのベッドに座る。

クロネは片目を開け、ネコミミをぴくっと動かし尻尾でベッドをぺしっと叩く。『構うな』というサインなのだが、プリムからすれば可愛いだけの行動だ。

プリムは、右手に力を込める。

「クロネ、少しだけ失礼しますね」

「にゃ⁉　触ん……にゃう？　あれ……なんか治ってきたにゃん」

プリムの特異種としての能力、『神癒《かむい》』である。

怪我を治す能力で、深い切り傷や刺し傷にも効果がある。風邪などの症状を和らげることはできるが完治まではいかない。というのがプリムの認知だった。

だが、ガブリエルから力を分けてもらった今は違う。怪我の回復効果が上がり、病気も治せる。

船酔いも治せるかクロネで試したところ、どうやら効果があったようだ。

だが、自分を治すことはできないのと、体力の消耗だけは変わらなかった。

「ふぅ……よかった、効いて」

「……ま、感謝しとくにゃん」

「はい♪」

「……なーんでそんなに嬉《うれ》しそうにゃんだか」

クロネはベッドから起き上がり伸びをする。

「あんた、イエロートパーズ王国のお使い終わったらどうするにゃん？　あの変態野郎と一緒に冒険するのかにゃん？」

「へ、変態野郎って……」

「あいつ、うちのおっぱい揉《も》んだし下着に手を突っ込んだにゃん!!　この恨みは忘れないにゃん!!」

「クロネがフレアを暗殺しようとしたのが原因でもあるけど……」

「う、うるさいにゃん!!　まぁそうだけど……そんなこと関係ないにゃん!!　女の子の身体をベタベタ触る男なんて嫌いにゃん!!」

「あはは……ま、まぁ、きっと仲良くできますよ」

クロネはそっぽを向く。尻尾が揺れてなんとも可愛らしい。

「ま、どうでもいい情報だけど、治療代として教えてやるにゃん」

「え？」

「ホワイトパール王国、第一王子マッケンジーと第四王女マーナが国家反逆罪で投獄されたにゃん」

「……え？」

それは、プリムの兄と姉の話だった。いきなりのことでプリムの思考が停止する。

「あんたに会う前に集めた情報にゃん。ま、使い道ないからどうでもいい情報にゃん」

「お、お兄さま、お姉さまが……ど、どうして」

「あんたは死んだことになってるけど、第五王子ウィンダーが裏でいろいろやってるにゃん。まずは国に影響力の強い兄と姉から、その次に下……あんたの捜索も行ってるみたいにゃん」

「そ、そんな……」

「ま、あんたは天使の庇護《ひご》を受けてるようなモンにゃん。心配はいらないにゃん」

プリムは顔を伏せてしまった。

少し余計なことだったとクロネは思ったがどうでもいい。イエロートパーズ王国へのお使いが終わればおさらばなのだから。

「くぁぁ……うち、少し寝るにゃん。耳と尻尾触ったら怒るにゃん」

そう言って、クロネは再びベッドで丸くなった。

◇◇◇◇◇◇

「いつ到着だ」

「さぁね。海に聞いておくれ」

アイシェラは、エリザベータの船長室でワインを飲んでいた。

こんな昼間から酒を飲むつもりはないが、エリザベータが勧めたので仕方なく飲んでいる。

ブルーサファイア王国を出発して数日、船は順調に進んでいる……はず。

「海が荒れてきたら潜水艇に乗って進む。海面が大荒れでも水中は静かだからねぇ」

「……前から思っていたが、潜水艇はどうやって進んでいるんだ？　この船は帆船で風を利用しているのはわかるが、海中では風はないだろう」

「簡単さ。パープルアメジスト王国の『魔道機関』を使ってる。知ってるだろ？」

「魔道機関……なるほど、技術大国のパープルアメジストか」

魔道機関とは魔力を使ったカラクリだ。人の力では動かせない大きなものを、鉄や歯車、魔法などを使った仕組みで動かす。パープルアメジスト王国は魔道機関技術において他国の追随を許さない。

「潜水艇に『スクリュー』とかいう羽を付けて、魔道機関で回してんのさ。専属の魔法使いに魔力で動かしてもらってる」

「ほぉ……」

「アイシェラ、お前も魔法は使えるんだろう？」

「まぁな。だが私は魔力が少ない。それに初歩的な水魔法を数種類だけしか習得していない」

「十分さね。素質があるだけ大したもんだ」

ワインを一気に呷《あお》り、エリザベータは外の景色を眺め……目を細める。

「明日かね……」

「？　何がだ？」

「明日、潜水艇に乗り換えて進む。イエロートパーズ王国まではまだかかるね」

「……わかるのか？」

「ああ、海を愛してるからね」

エリザベータがニヤッと笑い、アイシェラのグラスにワインを注いだ。

エリザベータの言った通り、翌日には雲行きが怪しくなった。

最低限の人員を潜水艇に乗せ、残りは引き返す。

新しく作った潜水艇は大きく、最新式の『魔道機関』が積んであり、狭いながらも個室まで付いていた。

そして、プリム、アイシェラ、クロネの三人は同室になった。

「アイシェラ、近づいたら殴る」

「うちもあんたが一緒なの嫌にゃん」

「くぅぅ……姫様から邪魔者扱い!!　いい!!」

アイシェラは相変わらずだ。ベッドを三つ並べ、ガラスを三重に重ねた丸い窓から外が見える。

外と言っても海中……海面が荒れているせいか濁って何も見えない。

クロネは丸くなり、アイシェラは装備の点検、プリムは読書を始めた。船と違い潜水艇は殆《ほとん》ど揺れない。

「イエロートパーズ王国か……」

「アイシェラ？」

「いえ、魔法王国の話で、騎士団時代に聞いたことを思い出しまして」

「どんな話？」

プリムとアイシェラの会話に、クロネは片目だけを開けた。

「イエロートパーズ王国には魔法学園があるそうです。騎士団の中にも魔法学園の卒業生が何人かいまして、そこから聞いた話ですが……どうも、魔法学園の理事長とやらは危険な人物らしいです」

「危険？　なんで？」

「魔法学園理事長は、『特級冒険者』の『虹色の魔法使い《アルコバレーノ・ウィッチ》』ブリコラージュというお方のようです」

「特級冒険者……」

「ええ。人類最強、天使と肩を並べるほどの強さを持つ『人間』ですね。話によると、天使ですら特級冒険者には手を出さないとか」

「すごい人なんだぁ……会えるかな？」

「……いえ、むしろ接触するべきではないと」

「え、なんで？」

「冒険者の間では有名な言葉です」

アイシェラはプリムを見て、真面目な顔で言った。

「『特級冒険者は狂っている』……どうやら、人格者というわけではないようで、騎士団の魔法使いたちも恐れていました。もちろん、特級に相応しい実力や功績もあるようですが」

「こ、怖いのかな……」

「大丈夫。お嬢様は私が守ります」

「う、うん。ありがとう、アイシェラ」

「いえ、お礼はキスで構いません」

「寝て。朝まで起きないように」

「あふんっ!!」

悶《もだ》えるアイシェラを無視し、プリムは読書を再開。

「……っ」

なぜか、クロネは両目を開けて歯を食いしばっていた。

第十章　特級冒険者序列第四位、『虹色の魔法使い《アルコバレーノ・ウィッチ》』ブリコラージュ

俺とカグヤとシラヌイは、夕暮れ前にイエロートパーズ王国城下町に戻ることができた。けっこう全力で走ったから疲れたけどな。

城下町に戻った俺は、カグヤに聞く。

「報告、どうする？」

「冒険者ギルドは日暮れまでだし、今からいけばギリ報告できんじゃない？　行っちゃう？」

「んー……そうだな。明日も依頼受けたいし行くか」

ということで、冒険者ギルドへ。

討伐の証《あかし》であるアナンターヴァイパーの牙、毒袋、目玉は箱にしまってある。これをギルドに渡せば依頼完了……ふふふ。三等冒険者に格上げされ、ダンジョンに挑戦できるってわけだ。

ギルドに入り、何度も顔を合わせている受付嬢さんのところへ。

「おつかれーっす。アナンターヴァイパー討伐しましたー」

元気よく言うと、ギルド内がどよめく……あ、夕暮れ前で依頼完了報告が多いのか。けっこう人でにぎわっているな。

俺とカグヤはそれらを無視し、アナンターヴァイパーの素材が入った箱をカウンターへ。

受付嬢さんはなぜか震えていた。俺たちが生きて帰ってくるとは思ってなかったんだろう。

「え、えええと？　あ、アナンターヴァイパー……と、討伐ですね？」

「ええ。素材入ってます。確認して」

「報酬ちょーだい」

『わんわんっ‼』

俺もカグヤもシラヌイも腹が減っている。さっさと金もらってメシにしたい。

受付嬢さんが箱を開けると、液体に満たされた箱には目玉が、ギルドから支給された専用ケースには毒袋、鉄のケースには牙が入っていた。

受付嬢さんは青ざめ、いつの間にか集まってた冒険者たちが騒ぐ。

「あああ、アナンターヴァイパーのそそ、素材……ほ、本物」

「ま、待て待て、ちゃんと確認したほうがいい‼　ど、道具鑑定人を呼べ‼」

「嘘《うそ》だろ⁉　まさか、だ。ＳＳレートの魔獣を……依頼掲示板の隅でホコリかぶってた依頼を」

「お、おい待てよ‼　あのガキ二人がそんな大物‼」

「偽物だ‼」「おい、道具鑑定人はまだか‼」

何やら大事になってしまった。そして、道具鑑定人という老人が現れ、素材を鑑定する。

「……間違いなく、これはアナンターヴァイパーの素材ですな」

「「「「おぉぉぉぉっ‼」」」」

ギルド内がどよめく……すると、いい加減ウンザリしたカグヤが受付嬢さんに言う。

「ねぇ、どうでもいいけど報酬は？　さっさと帰りたいんだけど」

「あ、はい。申し訳ございません。実はこの依頼、討伐報酬は依頼人の方が直接支払うことになってまして。素材をお持ちして報酬をお受け取りください。依頼は達成されたようですので、ギルド規約に従い冒険者フレア様、カグヤ様のお二方は一階級昇進。本日より三等冒険者となります」

「「「さ、三等だと⁉　ＳＳレートを討伐したのが……三等⁉」」」

なんか周りの声が気味悪いくらい揃《そろ》った。

「よし、終わったわね。フレア、シラヌイ、ごはん食べに行こっ」

「おう。疲れたしがっつり食べたいぜ」

『わぅぅん』

ま、今は飯が大事……あぁ腹減った。

◇◇◇◇◇◇

翌日。依頼品を持って魔法学園へ。何度も模擬戦で来たから守衛さんとも顔見知りの仲だ。

理事長の依頼品を持ってきたことを告げると、守衛室へ入り、ほんの数分で戻ってきた。

「理事長がお会いになるそうだ。案内しよう」

守衛さんが案内してくれる。

以前は演習場にしか行かなかったので、ちゃんと中に入るのは初めてだ。

魔法学園は五階層になっていて、一般生徒や教員は四階層まで、五階層はまるまる理事長の自宅兼研究室になっているらしい。

五階層への階段前で、守衛さんは言った。

「オレはここまで。あとはこの上に行けば理事長が出迎えてくれる」

「どーも。案内ありがとう」

守衛さんは去っていった。

「じゃ、行くか」

「ええ。ねぇねぇ、終わったらどうする？　ダンジョン行く？」

「お、いいね。ギルドで場所聞いて行ってみるか」

『わぅぅん』

そんなことを言いながら五階層へ。階段を上ると、幅広く長い廊下になっていた。そして左右には引き戸があり、それぞれ名前が付いていた……なんだこれ？

「素材室、ため池室、実験場、素材室その②……素材ばっかだな」

「怪しいわね……ってか、理事長が案内してくれんじゃないの？」

『ぐるる……わうわうっ‼』

「シラヌイ？　どうした……――――――カグヤ」

「……ええ」

俺とカグヤは警戒する……どこからか見られている。チリチリした。

いち早く気付いたシラヌイは唸《うな》る。

「あぁ、そう構えないでくれ。ふむ……屈折率を変えて視覚を騙《だま》す魔法は完成かな。まぁ、見えないだけでその場にいるのだから相当な使い手には意味がない、覗《のぞ》き用の魔法といったところか」

そして――俺とカグヤの背後に人が現れた。

低い身長、傘のような帽子をかぶった女性……いや、少女だった。

腰まである髪は青く、少女のような体軀《たいく》なのに胸がやたら大きく、露出の多い服を着ている。顔立ちは幼く俺より年下に見える。

手には輪っかがジャラジャラ付いた杖《つえ》を持ち、薄目でニヤリと口を歪《ゆが》めた。

「お前たちが私の依頼を達成した者たちか……ふむ、若いな」

「若いって、あんたのが若いじゃん。なぁカグヤ」

「確かに……子供じゃん。胸でかいけど」

「つくっははは!!　こんな年寄りを若いとはねぇ。どうもありがとう」

女性はゲラゲラとおっさんのように笑う。

「知ってると思うが名乗ろう。ブリコラージュだ」

「知らんと思うから名乗る。フレアだ」

「カグヤ。別に覚えなくていい」

『わん!!』

「面白いガキ共だね。私を前にした冒険者はみんな震えあがるんだが、こんな反応は久しぶりだよ。ま、茶でも出そうかね……来な」

ブリコラージュは歩きだし、俺たちは後へ続く。

近くの部屋に入る。どうやら応接間っぽい場所で、フカフカのソファとテーブルがあった。

遠慮なく座ると、ブリコラージュが紅茶を出してくれる。

「じゃ、用事を済ますかね。依頼品を」

「ん、これ」

アナンターヴァイパーの素材を出すと、ブリコラージュは興味深げに眺める。目玉の一つをつかみ自分の目の前に持っていったり、牙を何故か口に入れたり、毒袋の匂いを嗅いだりしていた。

「本物だね。その若さで大したもんだ」

「どーも。で、報酬は？」

「ああ、大金貨十枚だね……ほれ」

ブリコラージュは金貨の詰まった袋をテーブルの上に置く。

確かめるのが面倒なので俺のカバンの中に入れる。後でカグヤと半分こしよう。

「じゃ、帰るか」

「うん。ダンジョン行こっ」

「待て」

用も済んだので帰ろうとしたら、ブリコラージュに止められた。

まぁそんな気はしてた。こいつ、俺とカグヤを見る目が輝いてるし。

「お前たち、なかなかの強さを持っているようだ。どうだ？　私の頼みを聞いてくれないだろうか」

「「えー……」」

「おいおい。この特級冒険者序列第四位である私の頼みだぞ？　お前たちの等級はいくつだ？」

「三等だけど。あ、アタシはこいつより強いから」

「いやいや、どう考えても俺だろ」

「ははは。仲がいいのだな……恋人同士か？」

「ははは。こいつは単なる同行人だよ、俺に飽きたらどっか行くと思う」

「ま、そうね。アンタに飽きたら他んとこ行くわ」

「くくく。で、頼みだが……聞いてくれるか？」

ブリコラージュは足を組み、胸の下で腕を組む。大きな胸が持ち上げられ、服の切れ込みから谷間がめっちゃ見えた。

「あ、コイツに色香は無駄よ。男と女は生殖器が違うってくらいの認識だから」

「む？　あぁ、こんな年増を女と見てくれるのか？　ふふ、嬉《うれ》しいことを言うじゃないか」

「年増って……アンタ、アタシより年下でしょ？」

「外見に惑わされぬことだ。こう見えて七十を超えた婆さんだぞ」

「え⁉　ま、マジで⁉」

「話進まねぇなぁー……俺、帰っていい？」

いい加減、面倒になってきた。ソファでだらけるとブリコラージュが言う。

「すまんな。ＳＳレートを討伐したお前たちに頼みたい。このイエロートパーズ王国にある三大ダンジョンの一つ、『大迷宮アメノミハシラ』の最奥にある宝を持ってきてほしい」

「は？　ダンジョンのお宝？」

「ああ。私の研究にどうしても必要なんだ」

するとカグヤがお茶を啜《すす》って言う。

「ダンジョンの最奥にある宝ねぇ……そもそも、三大ダンジョンって誰も踏破したことないんでしょ？　なんでアンタがお宝のこと知ってんの？」

「簡単だ。三大ダンジョン……いや、四大ダンジョンの宝は恐らく共通している。今でこそ三大ダンジョンと呼ばれているが、昔は四大ダンジョンだったのだ。そこを踏破したときに見つけた秘宝が、残りの三大ダンジョンの宝が繋《つな》がっていることを示している」

「……よくわかんない。ってかアンタ、特級冒険者なら自分で行きなさいよ」

「無理だ。私は研究で忙しい。だからこそＳＳレートを討伐できる実力を持った冒険者が来るのを待っていたのだ」

ブリコラージュは紅茶のカップを優雅に傾ける。つーか、秘宝ってなんだろう？

「ま、別にいいんじゃね？　ダンジョンは行く予定だったし」

「引き受けてくれるか？　もちろん、報酬は支払おう。指名依頼ということで冒険者ギルドに届けを出しておく。成功した暁には一人白金貨一枚、さらに冒険者等級を一つ上げてやろう」

俺、白金貨なら十枚持ってるからそんなに嬉しくない。冒険者等級が上がってもなぁ……ダンジョンに入るには三等冒険者にならないとダメだから依頼受けただけだし。

ま、別にいいや。ダンジョンで遊べるし。

「アメノミハシラは空間歪曲《わいきょく》魔法が掛けられた広大なダンジョンだ。全百階層、六十階層からは三つのルートに分かれている。百階層までの各一層ずつ、計四十体の高レート魔獣を倒しながら進む討伐ルート、魔獣は現れないが広大な迷宮になっている探査ルート、謎解きしながら進む頭脳ルート……お前たちは」

「ま、討伐ルートだな」

「もっちろん。それ以外ないわ」

頭使うの面倒だしな。それに戦いながら進むのは面白そう。

「では明日、冒険者ギルドに顔を出して、依頼を受けてからダンジョンへ向かえ」

「おう。ま、そこそこ期待してな」

「あーあ。けっこう時間過ぎちゃったわね……オナカへった」

「私も研究があるので失礼する。この素材、さっそく使わせてもらおう」

ブリコラージュはアナンターヴァイパーの素材を持ち、部屋を出ようとした。

「あ、ねぇねぇ、アンタってどんな研究してんの？」

カグヤが、さして興味もなさそうに聞いた。

「私の研究？　ああ――」

そして、ブリコラージュは……怖気立《おぞけだ》つような笑みを浮かべ、言った。

「私の研究テーマは……呪術さ」

俺はまだ気付かなかった。
特級冒険者序列第四位ブリコラージュが狂っていることに。

閑話　懲罰の七天使《アインソフオウル・セブン》『審判』のショフティエル

『懲罰の七天使』。

聖天使教会とは違う組織で、思想の違いから聖天使教会とは対立している組織である。

構成員は七人と少ないが、それぞれが十二使徒に匹敵する強大な力を持つ天使で、翼の色が漆黒に染まっているのが最大の特徴である。

聖天使教会からは『懲罰天使』と呼ばれ忌み嫌われており、いずれ戦う日が来るであろうとアルデバロンは言っていた。

『懲罰の七天使』の本拠地入口で、一人の少女がボンヤリ座っていた。

「ほぁ……たいくつ」

『懲罰の七天使』の本拠地は異空間にあり、入口を管理するのは懲罰天使の一人ラハティエル。

異次元を切り裂く能力を持ち、懲罰天使にしか扱えない『黒神器』の一つ『魔性冥府の鎌《ディ・メン・ション》』を使用して本拠地の入口を管理する『門』の天使である。

ラハティエルは欠伸をして床に転がる。硬くツルツルした床はひんやりと気持ちいい。やることもないので昼寝をしようとすると……誰かがラハティエルの顔を覗《のぞ》き込む。

「感心しませんね。こんなところで昼寝とは。神罰が下りますよ？」

「ショフティエル……」

漆黒のローブにメガネをかけた、真面目そうな男性だ。

髪もぴっちりとしたオールバックで背筋はこれでもかというほど伸びている。手には黒い本を持ち、縁なしメガネをクイッと上げる。

ショフティエル。彼も懲罰天使の一人で、規律を重んじる男だ。

「ラハティエル。あなたはこの組織と現世を繋《つな》ぐ管理者なのです。懲罰天使の自覚を持ち……ああもう、だらしない……服はちゃんと着なさい!!　しっかり背筋を伸ばして、髪を整えて、ああもうしっかり目を開けなさい!!」

「うぅ～」

ショフティエルの小言にラハティエルはうんざりしていた。

そこに、黒い帽子を被った男……マキエルが通りかかる。

「やぁショフティエルさん。相変わらずお厳しい」

「マキエル……ちょうどいい、貴方に聞きたいことが」

「はい、なんでしょう」

マキエルは帽子を取り、優雅に一礼した。

礼儀も態度も申し分ない。それなのになぜか癇に障る……それがマキエルという男だ。

「貴方、地獄門の呪術師と遭遇したそうですね?　なぜ彼と戦わなかったのですか?」

「ああ、あの時は十二使徒の監視が主な任務でしたので。無駄な戦闘を省き、さらに十二使徒を救出し恩を売ることを優先しただけですよ」

「笑止。十二使徒など放っておけばよい。あの無能共、呪術師に喧嘩《けんか》を売り敗北しすでに欠員が三名も出ている……『風』に『鋼』に『操』は雑魚ですが、戦力を削れたのはいいことです。ですが、呪術師の炎が我々を焼く、ということもありえる以上、放っておくわけにはいきません」

「それも一理あります。ですが、今は放っておけばよいかと。呪術師を狙う十二使徒はまだいます。例えば……『炎』とか」

「……ミカエルですか。確かに、あの醜女が呪術師に挑めば双方タダでは済まない……ではマキエル、その二人を始末しなさい。貴方なら楽な仕事でしょう」

「………………」

「マキエル、どうしたのですか」

「いえ、ショフティエルさん……なぜ貴方の命令を聞かねばならないのでしょう？　ワタクシが従うのはBOSSのみ。懲罰天使が懲罰天使に命令を出す権限はありませんが」

「……あぁ、確かにそうですね」

一気に険悪になったマキエルとショフティエルが睨《にら》み合う。

だが、ショフティエルの言うことも一理ある。フレアの炎が懲罰天使を焼かないとも限らない。

そして今度は、ミカエルがフレアに喧嘩を売ろうとしている。

「ならば、私が行きましょう。呪術師とミカエル、両方を始末すればボスも私を認めてくれる。私をボスの右腕にしていただき、私が貴方たちを導く存在となりましょう」

「……どうぞ、ご自由に」

「くぁ～……寝ていい？」

無言だったラハティエルが大きな欠伸をし、ショフティエルは咳《せき》ばらいをする。

「では失礼。ボスに用事ができました」

ショフティエルは歩き去った。

その後ろを、マキエルとラハティエルは見えなくなるまで眺める。

「お手並み拝見、といきましょうか」

「くぅ……」

ラハティエルは、床で丸くなり眠ってしまった。

◇◇◇◇◇◇

場所は変わり、ブルーサファイア王国。

「イエロートパーズ王国？」

「うん。人間の魔法使いがいっぱいいる王国、そこで呪術師の反応を確認……でも、詳しいところはよくわかんない」

「上出来よ。あたしじゃ見つけられもしないからね。で、イエロートパーズ王国に行けば見つけられる？」

「……たぶん無理。わたしの力は対象に近づけば近づくほど効果を発揮しにくいから……イエロートパーズ王国で地道に探すしかないね」

「面倒ね……まぁいいわ」

ミカエルとラティエルは、準備を終えてイエロートパーズ王国に向かって飛ぶ。

天使なので移動は空だ。最初は船旅をしたいとラティエルは言ったのだが、イエロートパーズ王国に向かう船はしばらく出ないらしい。海が荒れてるから仕方ない。

「……それにしても、ムカつくくらい青い海ね。燃やしたい」

「だ、ダメだからね？」

「冗談よ。それより、フレアを見つけたら戦いを挑むけど、邪魔したらあんたでも許さないからね」

「はいはい」

ミカエルは、フレアとの一対一を望んでいる。

ラティエルとしては邪魔するつもりはない。それに、ミカエルの強さを誰よりも知っている。

聖天使教会最強『炎』のミカエルは伊達《だて》ではない。

「ねぇミカちゃん。イエロートパーズ王国に到着したらご飯にしない？」

「あんた、食べてばっかかね。デブるわよ」

「な⁉　ひ、酷いよぉ～‼」

「冗談よ」

二人の天使がイエロートパーズ王国に到着するまで、半日とかからなかった。

◇◇◇◇◇◇

「や～っと到着にゃん……あぁ疲れた」

「海の底だと日の光が差しませんからね……太陽が眩《まぶ》しいです‼」

「お嬢様が眩しいです‼」

アイシェラを無視し、プリムとクロネは大きく伸びをする。

イエロートパーズ王国港に到着し、潜水艇からようやく解放されたプリムたち。

アイシェラは、エリザベータと握手する。

「ご苦労だったな」

「ああ。ま、頑張りなよ」

「あの、ありがとうございました‼」

「もう乗りたくないにゃん……」

エリザベータに礼を言い、三人はイエロートパーズ王国へ踏み出した。

ほんの数分歩いただけで、プリムは笑みを止められない。

「お嬢様、嬉《うれ》しそうですね」

「ええ。だって……冒険が始まったんですもの‼」

「お気楽にゃん……それより、これから人探しにゃん。ここは獣人の扱いがあんまりよくないから、うちはあんまり力になれない。情報屋の紹介くらいはできるけど、期待はしない方がいいにゃん」

「えーっと、ダニエルさんって堕天使様を探すんですよね」

「名前と堕天使ってことしかわかんないにゃん。こりゃかなりムズイにゃん」

「いいから情報屋を教えろ。場所は？」

「冒険者ギルドにゃん。昔、一度だけ使ったことあるにゃん」

「では、冒険者ギルドに行きましょう!!」

プリムは元気よく歩きだし、アイシェラとクロネが続く。

「はぁ～……」

「貴様、この町……というか、イエロートパーズ王国に住んでいたのか？」

「うんにゃ、ここは獣人の扱いが悪いにゃん。ヘタな犯罪やれば投獄、獣人は問答無用で死刑にゃん……」

「そんなバカな。獣人といっても人権はある。裁判は」

「ない。教えてやる。このイエロートパーズ王国は獣人にとって最悪の国にゃん。死より恐ろしいことがいくらでもあるにゃん」

「……何を知っている？」

「……言いたくないにゃん」

クロネはそっぽを向く。

いつの間にかフードを被ってネコミミを隠し、尻尾もマントの下に隠していた。

「あのお姫様は幸せにゃん。何も知らずにこの国の明るい部分だけを見ていられる……羨ましくはないけど、あの笑顔は本物にゃん」

「…………」

「お前には言っておく。この国の外にある魔法研究所には絶対に近づくにゃ。あそこは地獄にゃん」

「地獄、だと?」

「にゃん。特級冒険者序列第四位、ブリコラージュの作った魔法研究所……行けばきっと後悔するにゃん。お前はあのお姫様を守ることだけを考えるにゃん」

「……わかった」

するど、前を歩いていたプリムが、

「ひゃっ」

「っと、悪いわね」

「い、いえ。申し訳ございませんでした」

真っ赤な髪の少女にぶつかり、頭を下げていた。

燃えるような赤髪の少女は少しだけ微笑み歩き去った。

アイシェラはプリムの元へ。

「大丈夫ですか、お嬢様」

「う、うん。きれーな人だったなぁ……真っ赤で綺麗《きれい》な髪」

「おのれ。お嬢様の柔肌に傷でもついたら……ああ、その時は私がもらえばいいのか」

「アイシェラうるさい。さ、冒険者ギルドに行こう‼」

三人は、冒険者ギルドに向かって歩き出した。

第十一章　フレア、カグヤ、シラヌイ、ダンジョンへ

魔法学園を出て、カグヤとシラヌイと一緒に街で食べ歩きをして宿へ。

夕飯は宿の食堂で食べることに。今日のメニューはおすすめ定食で、肉の炒《いた》め物と焼き立てのパンだった。肉をパンに挟んで食べると肉汁が染み込んで美味い。

明日はダンジョンということで、少しだけ酒も飲むことにした。

軽めのワインを注文し、カグヤと乾杯する。ちなみにシラヌイは部屋で寝てる……食事の場に犬を入れちゃダメって怒られたからな。

カグヤはワインをグイッとあおる。こいつけっこう酒強いんだよな。

「ぷっはぁ、おいしいわね。ねぇフレア、明日はダンジョンだけど、ダンジョンのことわかってる？」

「あん？　ブリコラージュが言ってただろ、六十階層から分岐するって」

「ええ。六十階層まで行けばその先は大丈夫だけど、問題はむしろその前……ランダム階層ね」

「……なんかお前詳しそうだな」

「ま、冒険者ですから……ってのは冗談。さっき思い出したの」

カグヤはワインを飲み、デザートへ手を伸ばす。

カットした果物が蜜漬けになっていて、楊枝《ようじ》を刺して口の中へ入れると、幸せそうに微笑んだ。

「レッドルビー王国にいたときに聞いたのよ。ダンジョンのランダム階層には謎解きや迷宮もある

って。こんな言い方はアレだけど……アタシとアンタ、頭悪いじゃん？　行けると思う？」

わからん。つーか、こいつよりは頭いいと思う。でも、カグヤはカグヤなりに考えてるっぽいな。

俺は、果物を食べつつ周囲を見る。カグヤも合わせて見た。

「この食堂にいる連中、みんな冒険者ね。ダンジョンで稼いでる冒険者も多そう……」

「ま、とりあえず進んでみればわかるだろ」

「頭悪いわね……ま、その通りだけど」

デザートはカグヤに食い尽くされた。まぁいいけど。

「目的はダンジョンで遊ぶこと……じゃなくて、最上階にあるお宝だったな」

「ええ。魔法学園理事長が欲しがってるのよね。遊びながら向かいましょっか」

「だな。じゃ、ごちそうさん。さーて風呂入って寝るか」

「あ‼　お風呂はアタシが最初だからね‼」

明日はダンジョン。今日はさっさと寝るか。

◇◇◇◇◇◇

翌日、冒険者ギルドへ。

受付に行くと、指名依頼が入っていると言われた。

「依頼主は魔法学園理事長ブリコラージュ様です。依頼内容はこちらでご確認ください」

依頼書を受け取り、中身を改める。

ダンジョンの攻略と宝の入手が達成条件になっている。依頼をクリアすると冒険者等級の格上げと一人白金貨一枚の報酬だ。三等冒険者が受ける依頼では例がないみたい。

カグヤは興奮していた。

「じゃ、いくわよ!!　ダンジョンダンジョンダンジョン♪」

「おう。で、ダンジョンってどこだ?」

受付嬢さんに聞くと、定期便が出ているらしい。

東門から出ている定期便に乗って、三大ダンジョンの一つ『アメノミハシラ』へ向かうようだ。

せかすカグヤに引っ張られギルドの外へ。

シラヌイを連れ、イエロートパーズ王国東門に向かうと、そこには巨大なウシに連結した大きな荷車があった。どうやらこれが定期便らしい。

御者のおじさんに聞く。

「片道銅貨三枚だよ。乗るかい?」

「乗りまーす!!　フレア、支払っておいて」

「俺かよ!?　お前、自分のぶんくらい……ああもういいや。すんません、犬はいくら?」

「犬?　非常食かい?」

「違う!!　仲間だし!!」

「まぁタダでいいよ」

荷車には、ダンジョンに挑戦する冒険者がいっぱい乗っていた。

同世代の奴もいれば、お爺《じい》ちゃんお婆ちゃん、脂の乗った若手冒険者グループや俺よりも年下なんてのもいる。これ、全員が三等冒険者より上の存在なのか。

荷車はゆっくり走りだし、ダンジョンへ向かって進む。

荷車には椅子がないので立っている。すると、近くにいたハゲ冒険者が俺に言った。

「おいお前、犬なんて連れてくんじゃねぇよ。クセーんだよ‼」

「いや、昨日洗ったよ。な、シラヌイ」

『わぅん』

「うるせぇ‼　てめぇ、等級は‼」

「三等」

「は‼　オレは二等だ、等級が上の冒険者に敬意を払うのは冒険者の常識だぜ？　おい、先輩が命令する……この犬、外に捨てろ」

「…………」

周りは何も言わない。あ、クスクス笑ってる奴もいる。

もちろん、捨てるなんてしない。というか。

「おいハゲ……アンタ、アタシのシラヌイになんて言った？」

カグヤだ。俺も頭にきてたけどこいつのが早かった。

ハゲ冒険者はカグヤを睨《にら》みつける。

「クセェっつったんだよ。おいメスガキ、お前も捨てられたいのか？　あぁん？」

やっべ……カグヤの額に青筋が。

ま、最初に喧嘩《けんか》売られたのは俺だ。ボコボコにしてやりたいけど我慢しよう。

「蝕《むしばみ》の型、『口内炎《グォー・ナイ・エィン》になっちまえ』」

「おっぶぉぉっ⁉」

ハゲ冒険者にそっと触れ、口の中いっぱいに口内炎を作ってやる。するとハゲ冒険者は口を押さえ、痛みのあまり声も出せず震え、涙を流していた。

俺はハゲ冒険者を蹴り殺そうとしたカグヤの足を押さえる。

「ま、こんなもんだろ。つーか、俺が売られた喧嘩を勝手に買うな」

「アンタが腰抜けだからでしょうが。シラヌイをボロクソに言われて頭に来ないの？」

「来てるからこうして苦しませてんだろ。殴ったり蹴ったりするだけが鬱憤晴らすわけじゃねーんだよ。たっぷり苦しんでる間はたてつく気は起きないだろ」

「陰険。アンタって根暗系？」

「お前も喰《く》らうか？　この狭い荷車で盛大に漏らせば冒険者カグヤは終わりだな」

チリチリとした殺気……ハゲ冒険者よりカグヤのがむかつく。

すると、ハゲ冒険者は痛みで気を失った。

ああもう、さっさと到着してくれ。

◇◇◇◇◇◇

アメノミハシラ。一言で表すなら、『デカい塔』だった。

空間歪曲《わいきょく》魔法が掛けられた塔で、各階層の広さは最大で町一つの広さになることもあるとか。

各階層には宝箱が設置され、上階にいけばいくほどレアなお宝が入っているという。冒険者たちは中層まで進み、魔獣を狩ってその素材売買で生計を立てているらしいと、冒険者たちが話していた。

ちなみに、踏破されたことはないのだとか。

俺とカグヤとシラヌイは、そんな塔を見上げていた。

「あのてっぺんか……お宝」

「なんかワクワクしてきたかも!!」

『わんわん!!』

「確認するぞ。六十階層まで進んで、そこから討伐ルートに進む。んで最上階まで行ってお宝ゲットだな」

「うん!! 楽しみね、早く行きましょ!!」

「おう。ふふふ、腕が鳴るぜ」

俺もけっこう興奮してきた。初ダンジョン。

呪術師の村にはこんな面白そうなのなかったからな。しばらくは楽しませてもらおう。

「見て、ここ道具屋とか宿とかもあるみたい」

「お、ほんとだ。泊まり込みで挑戦できるのか」

塔の周りには露店もある。いい匂いもするし、挑戦前の腹ごしらえでもするか。

するると、変な男が近づいてきた。

「兄さん姉さん、どうだい、情報買わないかい？」

「は？　情報？」

「おうよ。このアメノミハシラの地図さ、二十階層までのルートを示した地図。お安くしとくぜ？」

「へぇ～、いいな。カグヤ、どうする？」

「なんか胡散臭《うさんくさ》いわね……つーか、アンタなに？」

「オレは情報屋にして案内屋。地図は金貨一枚、二十階層以上のルートを知りたいなら直接案内するよ。オレをパーティーに加えてくれたら最上階も夢じゃないぜ？　ちなみに、雇う場合は一日金貨一枚だ。どうだいどうだい？」

情報屋と名乗った男は、皮鎧《かわよろい》に剣を差した三十代くらいの男だ。

髪はボサボサで髭《ひげ》も生えてるし、なんか胡散臭い感じ……でも、不思議と悪い感じはしない。

金はあるし、どうすっかな。

「どうする？」

「いらないわよ。なんか臭いし」

「臭い⁉　あの、胡散臭いならいいけど臭いは酷くない⁉　ねぇお嬢さん‼」

「お嬢さんって言うな‼　アタシはカグヤよ」

「胡散臭いはいいのかよ……」

「……で、旦那、どうよ？　見たところ初挑戦だろ？　アメノミハシラの罠《わな》にかかって死ぬの嫌じゃね？　適度なスリルを味わえる、適度なルートを案内するよ？」

「……ま、いいか。じゃあ案内してよ。とりあえず金貨三枚ね」

「まいどっ‼」

「ちょ、フレア‼　いいの？」

「別にいいだろ。それに、お前とずっと二人きりも嫌だし」

「はぁぁぁぁ⁉　アタシこそ嫌なんですけど‼」

「まぁまぁお二人さん、喧嘩しなさんな」

「うっさい臭い‼」

「ひでぇ‼　お嬢さんひでぇ‼」

「お嬢さん言うなこの……アンタ、名前は？　情報屋じゃない方よ」

情報屋は「しまった」と言った感じで咳《せき》払いし、名乗った。

「オレはダニエル。このアメノミハシラで情報屋やってる一等冒険者さ‼」

閑話　天使たち、ダンジョンへ

「ダンジョン？」

「うん。たぶん、呪術師はそこにいるよ」

「ダンジョンねぇ……大昔の半天使が能力で作った遊技場、だっけ？」

「確か、そんな風に聞いたよね」

ミカエルとラティエルは、イエロートパーズ王国のカフェで休憩していた。

ラティエルの能力でフレアを探したのだが、対象に近づくにつれて探知しにくくなるという弱点がある。イエロートパーズ王国にいるのは間違いないが、正確な位置までは把握できなかった。

「面白そうじゃん。ダンジョンの情報は？」

「えーっと、ここのダンジョンは『塔』みたい。最上階層は百で、最上階にはお宝があるとか」

「ふーん。お宝なんてどうでもいいけど……その最上階、フレアとの戦いの場に相応しいかもね。

よし決めた、あたしたちもダンジョンに行くわよ」

「えぇぇぇぇっ⁉」

ミカエルはアイスティーを一気飲みし、氷も噛《か》み砕く。

「戦うなら最高の舞台でやりたい」

「ままま、待って待って‼　ミカちゃんがそんなところで戦ったらダンジョンが壊れちゃうよ‼」

「知ったこっちゃないわよ」

「でで、でも、『十二使徒の神技《ジャッジメント》』や『神器』を使ったら」

「平気よ。それなら、あんたが守りなさい」

「えぇぇぇぇっ⁉　わ、わたしの力じゃミカちゃんの炎は防げないよぉ」

「当たり前でしょ。そんなことより、仕事しなさい仕事」

「仕事って……わたしは休暇なんだけど」

「ふん。行くわよ」

「ま、待って待って‼」

「なによもう……」

ミカエルは必死に引き留めるラティエルを見る。

「あのね、百階層までは一日じゃ到達できないと思うの」

「そうかもね。で？」

「だからその、わたしたちなら頂上まで飛んで行けば数分で行けるよね？　今日から数日、何もしないで頂上まで来るのを待つの？　いくら呪術師でもそこまで空気読んではくれないかと」

「…………」

「だ、だからその……今日はさ、わたしと一緒にお買い物しない？　せっかくイエロートパーズ王国まで来たんだし、少しくらい遊んでも……だめ？」

「…………」

ミカエルは大きなため息を吐いた。

「ま、いいわ。ずっと気を張ってたし……付き合ってあげる」

「やった!!　ありがと、ミカちゃん」

「ええ。ってかさっきからミカちゃん言うな」

ミカエルとラティエルは、ショッピングを楽しんだ。

◇◇◇◇◇◇

「ありがとうございました。ラハティエルさん」

「ん……一人でいいの？　誰かよぶ？」

「必要ありません。私の断罪に抗える者はおりませんので……では」

「ん。帰るときは呼んでね」

ショフティエルは一人、イエロートパーズ王国郊外の森に到着した。

ラハティエルの次元切断により好きな場所に自在に転移できるが、まずはやるべきことがあった。

「本当に……しばらく見ない間に世界は大いに歪《ゆが》む。醜い、実に醜い」

ハンカチを取り出し口元へあてる。

目の前の街道に、盗賊がいた。どうやら馬車を襲っているようで、すでに護衛は殺され商人とその家族が取り囲まれている。

ラハティエルは顔を歪めたまま、盗賊に近づいた。彼に気付いた盗賊の一人が剣を向ける。

「あん？　なんだおめぇ？」

「……臭い、それに醜い。なぜこうもヒトは歪むのだ……ああ、実に醜い」

「あぁん⁉」

首を左右に振り、悲し気に顔を歪めるショフティエル。

盗賊は激高しショフティエルに斬りかかるが、剣はショフティエルをすり抜けた。まるで透明で透き通るようなショフティエルが目の前にいるような、不可思議な現象だ。

どうか家族だけは、と盗賊に懇願する商人たちも気づいた。

「さぁ、審判の時間である」

ショフティエルは、手に持つ黒い本を開く。

「な、なんだてめぇは‼」「神父かぁ？」

「なめんじゃねぇぞコラ‼」「おい、殺せ‼」

盗賊たちが一斉に騒ぎ出す。だが。

「静粛に」

「「「「ッ⁉」」」」

たった一言で声が出なくなり、指先すら動かせない。それは商人とその家族も同様だった。

「審判の時間である。ヒトがヒトを襲い金品を強奪するのは悪であるか？　抗いもせずに涙を零すだけのヒトは悪であるか？　罪深き者はどちらか‼」

ショフティエルの本のすべてのページが千切れ、舞う。

指先よりも小さくなった紙屑《かみくず》が集まり、まるで天秤《てんびん》のような形になる。

巨大な天秤が揺れている。何かを秤《はかり》にかけている。

「罪深き者に天なる罰を」

そして、天秤が揺れ――――両方の受け皿がズシンと同時に落ちた。秤が秤を成していない、あり得ない動きだった。

「ここに審判は下された。悪はヒト、他者の物を強奪し富を得ようとする卑劣な悪。抗いもせずに涙を零すだけの弱者という悪。悪は滅びるべき。ここに裁きを!!」

ショフティエルの叫びとともに、盗賊たち、そして商人とその家族たちの身体が一瞬で砕け散った。砕け散った身体はショフティエルの本に吸収され、新たなページとなる。

「裁きは下された。つまり、ヒトとは罪深き者である」

この場に、誰も残ることはなかった。

◇◇◇◇◇◇

「相変わらずエグイですね……ショフティエルさんの身勝手な『審判』は」

ショフティエルの『審判』もとい『身勝手な処刑』を陰で見ていたのはマキエルだ。

ショフティエルは、神の名のもとにヒトに裁きを下している。それこそが自分の役目であることを疑っておらず、ヒトを家畜と称して管理する聖天使協会を死ぬほど憎んでいた。

ヒトは、裁かれなくてはならない。

それがショフティエルの心情であり本心。ショフティエルの前ではヒトはただの罪人。どんな理由であろうと裁くべき存在で、老若男女問わない。

懲罰の七天使《アインソフオウル・セブン》『審判』のショフティエル。

彼が向かうのはイエロートパーズ王国、ではなく……遥《はる》か先に見える巨大な『塔』だ。

「半天使が造りし塔……あれの存在は許されない‼　呪術師、十二使徒と共に滅ぼさねば‼」

ショフティエルはゆるりと歩き出す。

魔獣など敵ではない。急ぐ理由もない。ショフティエルが行うのは断罪であり、処刑ではない。

「悔い改める時間は与えよう。罪深き者たちよ」

黒き天使が、一歩ずつ歩きだした。

第十二章　案内人のダニエル

「ダニエル？　ああ、あの案内人ね。うだつの上がらない一等冒険者か」

「あいつ、面白い奴だぜ。宴会では得意の腹芸でみんなを笑わせやがる」

「万年一等冒険者のダニエルか。今日も冒険者に頼み込んでダンジョン潜ってんじゃねーの？　もう十年以上ダンジョンに潜っているらしいぜ」

「ま、嫌いじゃないね。あいつ、戦闘はからっきしだけど、ダンジョンと魔獣の知識は豊富だぜ。新人とかはあいつのおちゃらけた態度をあざ笑うけど、玄人になればあいつのすごさがよくわかると思う」

「あたし、ダニエルに銀貨三枚貸してんのよ。今度ダンジョンでお宝見つけたら返すって……ま、信じてるわ。ダニエル、約束は守るしね」

「ダニエルならダンジョンにいるぜ。あそこの安宿を使ったり野宿したり、金が入ったら町で飲み歩くんだよ。けっこう話しやすいぜ」

　これらは全て、プリムとアイシェラとクロネが冒険者ギルドで集めた情報だ。

出るわ出るわ。これでもかと出る。

イエロートパーズ王国に住んでいる堕天使ダニエル。

冒険者ギルドの人たちに話を聞くと、知らない人はいなかった。

一等冒険者ダニエルとして、ダンジョンを拠点に稼いでいるらしい。

プリムたちは冒険者ギルドの外へ。近場にあるカフェで休憩し、これまでの情報をまとめる。

「……なんか、馬鹿馬鹿しいにゃん。情報屋とか必要なかったにゃん」

「待て。そのダニエルとかいう冒険者が堕天使である証拠はない。同名の別人かもしれん」

「で、でも。とりあえず会ってみるのはどうでしょう？　ガブリエル様は手紙を渡せばわかるって言ってましたし……」

「ま、なんの手がかりもないにゃん。ダンジョンに行けばわかるにゃん」

というわけで、プリムたちはダンジョンに向かうことに。

情報によると、ダニエルはダンジョンで案内人をして稼いでいるようだ。有能そうな冒険者に身売りし、ダンジョンに同行して階層の案内人として働いているらしい。

「五十階層までならダニエルに任せて安心……と言われているようだ。大したものだな」

「ダンジョン……お宝の匂いがするにゃん」

「でも、三等冒険者じゃないと入れないって……ちょっと入ってみたいです」

「駄目ですお嬢様。お嬢様になにかあったら」

「わかってますー」

プリムは注文した紅茶を飲みながらため息を吐く。

「ダンジョンかぁ……フレアがいたら喜んだだろうなぁ」

「あの馬鹿なら興奮して突撃したでしょうね」

「今頃、何してるかなぁ？　レッドルビー王国にいるのかな？」

「そうですね……おそらく、砂漠で生き埋めになってるとか、ドラゴンに喰《く》われたとか、そんなところでしょう」

「そんなことありませぇん!!」

「うっさいにゃあ……」

クロネはジュースを飲み干し、大きく欠伸をした。

そんなクロネを見て、プリムは質問する。

「クロネ、ダンジョンってどんなところですか？」

「……お宝があるにゃん。あと、死体も山ほどあるにゃん」

「し、死体？」

「そうにゃん。ふふ、罠《わな》避けとして買われた獣人奴隷の死体にゃ……アメノミハシラは百階層まであるダンジョンで、六十階層より上は三つのルートに分かれるにゃ。その中の一つ、迷宮階層にはおびただしいほどの罠が張り巡らされている。罠避けの獣人を買って先行させ使い潰す、そんな手段が多く使われてるにゃん」

「そ、そんな非道、許されるわけが……!!」

「ここ、イエロートパーズ王国では許されるにゃん。奴隷の命は軽い……獣人は特にね」

クロネは飲み干したグラスの縁を指でなぞる。

アイシェラは無言で目を伏せた。いつもなら会話に割って入るが、いい機会だと考えた。

この世界は決して綺麗《きれい》なだけではない。

冒険に出るということは、そういう闇の部分に触れる機会がいくらでもある。プリムがこの現実に耐えられないようなら、やはりブルーサファイア王国に連れ帰るべきだと。

「で、どうすんにゃん？　ダンジョン行く？」

「……行きましょう。ガブリエル様の依頼を果たさなきゃ」

「お嬢様……よろしいのですか？　ダンジョンに行けば、見たくない現実を見るやもしれません」

「大丈夫。それも立派な冒険、でしょ？」

プリムはにっこり笑う。

三人は立ち上がり、ダンジョン行きの定期便へ向かって歩き出した。

「いっぱい冒険して、フレアに会ったら自慢しようっと」

「私は会いたくありません。お嬢様と二人きりで冒険したい」

「私は嫌」

「はぅぅぅっ!!」

「うっさいにゃん。つーか、うちも邪魔って言ってるのかにゃーん？」

「当然だこのネコミミめ」

「だ、誰がネコミミにゃん!!　この黒髪馬尻尾!!」

「なんだと貴様!?　誰が馬尻尾だ!!」

「二人とも喧嘩《けんか》しなーい!!　ほらほら、ダンジョン行きの定期便に乗ろう!!」

プリムは走り出し、アイシェラが追い、プリムから一定距離離れると首輪に電流が走るクロネも慌てて走り出した。

当然ながら、この三人は知らない。

フレアがカグヤという仲間を連れ、ダニエルという案内人を雇ってダンジョンに挑んでいるなどとは、露ほども思わなかった。

◇◇◇◇◇

フレア、カグヤ、シラヌイ。そしてダンジョン案内人のダニエルを加えた一行は、三大ダンジョンの一つ『アメノミハシラ』に挑戦していた。

現在の階層は一階層。ダンジョンに入って数分である。

ダニエルは、キョロキョロしながら言った。

「ここがダンジョンかぁ〜、テンション上がるなぁ〜」

「何言ってんだ？　あんた、案内人だろ」

「おっと失礼。ま、場を和ませるギャグだ」

「「？？」」

フレアとカグヤは首を傾げる。シラヌイは欠伸し、後ろ足で耳の裏をカリカリ掻《か》いていた。どうやらダニエルのギャグは伝わらなかったようだ。

カグヤは、ダンジョンの壁に触れる。

「これ、どうやって造ったの？」

壁は煉瓦《れんが》造り。古さを全く感じさせない真新しさがある。人がせっせと積んだようなものではなく、神秘的な何かを感じた。

ダニエルはのんびり言う。

「噂《うわさ》じゃ、天使様が造ったとか特異種の能力で造ったとか言われてるぜ」

「ふーん……おりゃっ‼」

カグヤは壁を蹴り砕く……つもりで蹴ったが、傷一つ付かない。

「アタシの蹴りも効かないなんてね。大した壁だわ」

「俺も試そうかな……ま、やめとくか」

フレアも右手を燃やすがすぐに止めた。すると、ダニエルが目を見開く。

「おま、フレア……今の」

「ん、ああ。えーっと、俺、炎を出せる特異種なんだ」

「……へぇ、スゴイネ」

「なんで片言なんだ？」

「いや、別に」

フレアは首を傾げたが、ダニエルは笑ってごまかした。

ダニエルは咳《せき》ばらいをしてフレアとカグヤに説明する。

「ここは一階層。ま、何もない階層だ。準備階層とも呼ばれて、ここでダンジョンがどういう造りでどういう構造なのかを知ることができる。歩きながら説明してやるよ」

「「よろしく」」

『わぅん‼』

三人とシラヌイは、ダニエルの案内で歩きだす。

真新しい煉瓦造りの壁、いつ灯したのか不明な松明、地面もタイルが敷かれ歩きやすい。道幅は大人五人で歩いても問題ないくらい広いし、天井まで三メートルほどの高さがあった。

「次の階層から魔獣が出る。ま、十階層くらいまでは大したことのない、三等冒険者なら雑魚くせえレベルの魔獣しか出ない。宝箱も傷薬だったり包帯だったりと親切なモンばっかりだ」

「へぇ～……宝箱、便利だな」

「ああ。だが、十階層を超えると厳しくなってくる。トラップや毒宝箱なんてのもあるし、階層を登れば登るほど魔獣も強くなっていくからな」

「アンタは最高どのくらいまで行ったの？」

「オレは八十階層まで。ちなみに、十階層ごとに出口へ戻るための転移魔法陣が敷かれている」

「へぇ、親切だなぁ」

「ああ……っと、着いたぜ。ここが二階層への階段だ」

少し広い空間の先に階段があった。二階へ続く道に違いない。

「細かいルールは進みながら教えてやる。他の冒険者に出会った時のルールとかな」

「おう。あんた、親切だな」

「仕事だからな。ダンジョン踏破なんてもっと高等級の冒険者がやるだろ。オレは中堅冒険者として日銭稼いで、美味いメシと酒が楽しめればいい」

「欲がないわねぇ……」

「それがオレさ。あ、戦いとかはお前らに任せるから。オレ、そんなに強くないし」

そう言って、ダニエルは階段を進む。

フレアとカグヤは互いに顔を見合わせ、カグヤが言った。

「どう思う？」

「何が？」

「あいつ、怪しいと思う？」

「別に。ま、親切そうだしいいだろ。俺らみたいな冒険者を嵌《は》める理由もなさそうだしな」

「……ま、そうね。それより、魔獣はアタシがやっつけるから」

「俺もやるっつの。お前、一人じめすんじゃねーぞ」

『くぅん』

「あ、シラヌイもいたわね。じゃ、行くわよ」

「おいこら、話聞けっての!!」

フレアたちは、二階層へ進んでいく。

二階層も、一階層と全く同じ造りだった。

『ガルルルッ!!』

四本の足と顔の一部が燃えたシラヌイが、ゴブリンという一メートルくらいの小鬼に飛び掛かり、喉笛を噛《か》み千切った。

数は二体。雑魚中の雑魚であり、ゲタゲタ笑いながら襲い掛かってきたのだ。

体臭がキツくてカグヤは顔をしかめ、フレアはブレードで喉を切り裂こうとしたが、真っ先にシラヌイが飛び掛かったのだ。まるで「ここはまかせろ」と言わんばかりに。

ゴブリンを始末すると、シラヌイは尻尾を振ってフレアの元へ。

「よくやったぞ、シラヌイ」

『くぅん』

褒めてほしいようだったので、フレアはシラヌイを撫《な》でまくった。

「え？　……あ」

「おい、見ろ」

ダニエルは、シラヌイが始末したゴブリンの死体を指さす。

すると、ゴブリンの死体が溶けるように消えてしまった。

「なにこれ？　消えちゃったわよ」

「ダンジョンの魔獣はあんな風に消える。人が触ってればずっと消えねーけどな」

「人が触ってれば？　なんで？」

「魔獣の素材を手に入れるために解体とかしてるときに消えたら損だろ？」

「……ほんと親切ね」

「ははは、そうだな」

話をしながら進むと、またもやゴブリンが。

『ギャッギャッ!!』『ギャハハ!!』『ギャッヒ!!』

「キモいなぁ……ま、やるか」

『わんわんっ!!』

「ん、アタシはパス。臭いから」

「……まぁいいけど。行くぞシラヌイ」

「がんばれよー、オレはカグヤの嬢ちゃんと見てるからよ」

二階層の魔獣はゴブリンしか出なかった。初心者向けの階層なのは言うまでもない。

フレアはブレードで斬り、銃で脳天をぶち抜く。シラヌイは喉を噛み千切る。

当然ながら、現れる魔獣は敵ではなかった。

そして、あっという間に三階層へ続く階段がある小部屋へ。

「最初はこんなモンだが、油断はするなよ」

「わかってるよ。な、シラヌイ」

『わんわん!!』

「アタシ、もっと強いの出たら戦うからよろ～」

「ったく、怠け者め」

フレアの視線も意に介さず、カグヤは口笛を吹く。

そして、あっという間に十階層まで到達した。

真の強敵は、ここから先の階層に潜んでいる。

◇◇◇◇◇◇

「第一地獄炎、『火炎砲』!!」

フレアは、両手に炎を集中させ前に向かって放つ。

一本道であること、魔獣が列を成して襲い掛かってくることから、直線的な攻撃はかなり有効で、火炎砲は魔獣を焼きながら通路の行き止まりまで進んで燃え尽きた。

「裏神風流《うらかみかぜりゅう》、『巨神鉄槌《きょしんてっつい》』!!」

カグヤは、右足を巨大化させた前蹴りを放ち、フレアの反対側から向かってくる魔獣をまとめて蹴る。直接的な攻撃は有効。それはフレアの攻撃で証明された通りで、道幅いっぱいまで巨大化した足は容赦なく魔獣たちを蹴り飛ばし、行き止まりでプチッと潰れた。

「す、すっげぇ……」

「ねぇ、どんだけ出るの?」

「あ、ああ。後ろの扉が開くまでだ」

ここは、三十五階層。

階段を上った先には小部屋があり、目の前に扉に閉ざされた階段があった。そして、両側には細長い通路が伸び、そこから無数の魔獣が襲ってきたのである。

フレアとカグヤが魔獣を燃やし、蹴る。

ダニエルは隅っこでシラヌイを抱えて蹲《うずくま》っていた。

「お、お前のご主人様たち、すっげぇな」

『わん‼』

それから間もなく、三十六階層へ続くドアが開き、目の前に階段が現れる。

ダニエルは二人をねぎらい……同時に驚く。

「いやはや、たった三時間ほどで三十五階層とは……オレが案内したパーティーで最も早いぜ。最高記録だ最高記録。一階層五分とかありえねーだろ」

「当然でしょ。それより、今日中に六十階層まで行くわよ。討伐ルート討伐ルート♪」

「だな。つーか楽勝すぎる……なぁダニエル、もっと複雑で面白いルートないのか？」

「いやいや、三等冒険者でダンジョン初挑戦なら、一日で十階層まで行ければかなり優秀なパーティーだっつの。それにお前らパーティーじゃなくてコンビじゃねぇか。三十五階層まで来てかなり強い魔獣が出現してんのにものともしない……マジで踏破しちまうかもな」

「いや、するんだって。あ、小腹空《す》いたから何かくれ。あと水」

「へいへい」

ダニエルはカバンからサンドイッチと水筒をフレアとカグヤに渡す。

シラヌイには干し肉を与え、自分も酒のボトルをグイッと呷《あお》る。

「ふぃぃ～……いやぁ、長くダンジョン案内してるけど、お前らみたいなのは初めてだ」

「いい意味でか？」

「ははっ、そうかもな。このペースなら数日で踏破しちまいそうだ」

「当然よ‼」

「ま、案内は任せな。それと……そろそろ、冒険者たちの狩り場に入るはずだ。血の気の多い奴もいるから気を付けろよ」

「ああ。えーと、『ダンジョン内のもめ事は一切関与せず』だっけ」

「そうだ」

冒険者ギルドは、ダンジョン内のもめ事に一切関与しません。すべて冒険者同士の責任です。

つまり……この中で殺しがあっても関係ないのである。死体はダンジョンに吸収されるし証拠も残らない。中には冒険者を狙った狩りが横行している階層もあるとか。

「……ま、オレがいるから大丈夫。ってことにならないんだよなぁ……絡まれたらマジで頼むぞ」

「あんた、一等冒険者なのに弱っちいんだな」

「は、はっきり言いやがる……フレア、勘弁してくれよ」

「おーい男ども、そろそろ行くわよ‼」

『わん‼』

すでにサンドイッチを完食したカグヤは、次の階層へ向かう階段に足をかけていた。

◇◇◇◇◇◇

それから、四十階層まで進んだ。

魔獣に関しては問題ない。だが、ダンジョンのトラップが出てくるようになった。

矢が飛んできたり、ガスが噴出したり、岩が転がってきたり……だが、フレアたちはこれを難なく突破。

それよりも厄介な、知りたくなかった事実が目の前に現れる。

それは、四十五階層を進んでいるときのことだった。

「……いるな。冒険者たちだ」

ダニエルがそう言う。もちろん、フレアとカグヤとシラヌイも気付いていた。

四十階層からダンジョンの造りが変化し、まるでとても広い洞窟内を歩いているようだった。大きさが変化したためか魔獣も大型の物がいくつも出るようになる。

そして、ここは……冒険者たちの狩り場でもあった。

フレアたちの前に、四人組の冒険者パーティーが現れたのだ。会うなりダニエルは舌打ちし、露骨に顔を歪《ゆが》めている。

「よぉ、ダニエルじゃねーか。へへへ、またガキの子守かい？」

「……まぁな。それより、まだそんなの連れてんのかよ」

「あん？　ああ、『罠避け』にな」

冒険者パーティーの男が連れていたのは……小さな子供だった。

ボロきれを纏《まと》い、目が死んでいる。それだけではなく顔色も非常に悪く、所々の皮膚が黒く変色していた。それだけじゃない、子供たちには、犬や猫のような耳と尻尾が生えていた。

さらに、首には金属の首輪が巻かれ、鎖まで付いている。

フレアは、チリッとする気持ちを堪え、質問する。

「その子たち、なんだ？」

「あぁ？　おいおい、口の利き方に気を付けな。オレらは一等冒険者だぜ」

「そうよ。礼儀の知らないガキは早死にするわ。あーっはっは!!」

「というか、『罠避け』を知らねーなんてあり得ねぇだろ？」

冒険者パーティーの仲間たちが嘲笑する。そして、仲間の一人が子供を蹴った。

「わうっ……!?」

「ぎゃんっ!?」

「親切な先輩が教えてやる。これは『罠避け』っつって、ダンジョン内に隠された罠を探知する道具さ」

「どう、ぐ？」

「ああ。ちょうどいい、実演してやる……行け」

「っひ……」

「行け‼」

「ぎゃんっ⁉」

男は、子供の一人を蹴りつける。向かわせたのは、部屋の隅にあった横穴だ。

子供は蹴られ、泣きながら横穴の中へ走り出す。そして。

「ぎゃうぅぅっ⁉」

「お、罠発見。見たか？　こういう横穴とかに先行させて罠を発動させてから進むんだ」

「…………」

男が鎖を引くと、獣人の男の子がズルズルと引きずりだされる。背中には数本の矢が刺さり、息も絶え絶えで泣いていた。

男はつまらなそうにため息を吐く。

「こりゃもうダメだな。また『補充』しねぇと」

「……補充？」

「ああ。こいつら、実験の失敗作だとよ。奴隷にも使えない、余命いくばくもないガキをダンジョンの罠避けとして販売してんのさ。銀貨一枚で買えるしお得だぜ？　ダンジョン上層攻略では必須の『道具』さ」

「…………」

フレアは、冷静に聞いた。

「実験って？」

「おいフレア……やめとけ」

「黙ってろ、ダニエル。実験って？」

「知らねぇのか？　イエロートパーズ王国郊外にある『魔法研究所』だよ。そこで特級冒険者序列四位のブリコラージュ様が獣人を使って魔法の実験してんのさ。このガキどもはその失敗作で、格安で売りに出されてるってわけよ」

「……ああ、そうなのか」

フレアは、冷静に聞く。フレアは、冷静に、冷静に……無理だった。

「お前ら、クソだな」

ネコミミの女の子が恐怖で震えるのを見て、もう耐えられなかった。

冒険者四人組は同時にフレアを睨《にら》む。

「待てフレア!!　おいザザード、こいつは今日ダンジョンに挑戦したばかりで」

「黙ってろダニエル。おい聞いたかおめぇら、このガキ喧嘩売ったぜ？　売られた喧嘩は」

次の瞬間、ザザードと呼ばれた冒険者パーティーのリーダーの顔面が陥没。フレアの拳がめり込んでフッ飛ばされた。

同時に、カグヤも動く。

「アンタたち、こんな小さな子をこんな目に遭わせて、なんとも思わないの？」

「は、はぁ？　こ、こんなの、ダンジョン内じゃ当たり前……」

「もういい」

カグヤの前蹴りが女の腹に直撃。ザザードと同じようにフッ飛ばされた。

フレアは、残りの冒険者をカグヤに任せ、矢が刺さっている子供を抱き上げる。

出血が多く、皮膚の至るところから腐敗臭がした。目は虚ろで今にも事切れそうで……フレアは取り出した呪符をそっと下ろす。

「大丈夫……大丈夫だ。痛くない、いたくない……」

「………ぁ」

もう、手遅れだった。

優しく抱きしめ、頭を撫でると……子供はほんの少しだけ微笑み、だらりと手が落ちる。

死んだ――そっと地面に置くと、ダンジョンに吸収された。

「う――けふっ、っげっふ!!」

「っ」

悲しむ間もなく、ネコミミ少女が咳《せ》き込む――吐血した。

そのままパタリと倒れ、どんどん生気が失せていく。

フレアは呪符を取り出しネコミミ少女を抱き寄せるが、やはり手遅れだった。

「――大丈夫。ゆっくりおやすみ……」

「――」

そして、そのまま命が燃え尽きた。

カグヤは冒険者最後の一人を徹底的に叩《たた》きのめしている。フレアはダニエルに詰め寄った。

「なんだよ、これ‼」

「罠避けだよ。説明はさっきのザザードがした通り、ダンジョンでは罠避けとして獣人を使うんだ」

「ふざけんな‼　子供……子供だぞ⁉　それに実験ってなんだよ⁉」

「……特級冒険者ブリコラージュの研究テーマは『呪術』だ。奴は獣人を使って呪術の実験を繰り返してる。呪術魔法によって汚染された獣人を廃棄せず、格安で売りさばいてるんだよ」

「ふ、ざけ……あんの野郎ぉぉぉぉぉぉぉっ‼」

ブリコラージュ。子供のような容姿をした特級冒険者序列第四位の実力者。

フレアは怒りでおかしくなりそうだった。

ダンジョンの秘宝とやらは間違いなく研究に関係する物だろう。もし依頼を達成し、秘宝とやらを渡せば、ブリコラージュの研究は間違いなく進歩する。

「獣人……ねぇ、獣人ってどこから連れてくんのよ。イエロートパーズは王国しかないんでしょ？」

冒険者四人をロープで縛り吊《っ》るし終えたカグヤが聞いた。

「イエロートパーズ王国は獣人を『人』と認知していない。郊外にある獣人たちの村を襲って確保してるんだよ」

「……クソみたいな話ね。あの特級冒険者、可愛い顔して天使みたいなやつね」

「特級冒険者は頭のおかしい連中ばかりだからな……ブリコラージュは、命を道具としか思ってない。呪術という過去の魔法を復活させるためにどんなことでもするだろうぜ」

「……ふざけやがって」

ふと、フレアの頭の中をよぎる。

『――フレアは優しいね』

寝たきりで、長い黒髪がとても美しい、二十代の女性だった。

「……ヴァジュリ姉ちゃん」

忘れられない呪術師の一人だった。フレアに呪術を教えた、もう一人の師匠。

「はっきり言うぜ。オレは獣人を『罠避け』として使う野郎どもに嫌悪感を持ってる。もしお前たちが『罠避け』を容認してたら、契約は打ち切りにするつもりだった。でもそうじゃなかった……ま、嬉《うれ》しかったぜ」

「……で、どうすんのフレア、進む？　それとも……あのブリコラージュとかいう奴、ブチ殺す？」

「おい聞けよ。つーか特級冒険者に喧嘩売るのやめとけ、特級冒険者は天使に匹敵する強さだぜ？」

「あ、それなら大丈夫。アタシとフレア、十二使徒を倒してるから」

「……は？」

ダニエルが首を傾げ、フレアの足下にシラヌイが寄り添った。

『クゥウ……』

「……大丈夫。進もう」

「いいの？」

「ああ。最上階で秘宝とやらを手に入れよう。途中で『罠避け』とか使ってる奴見つけたらブチのめす」

「おいおい……こんな言い方はアレだが、罠避けはダンジョンじゃ合法だ。こっちから喧嘩を売ったらお前たちの評判は」

「どうでもいい。くそ、ダンジョンがこんなに胸糞《むなくそ》悪いとは思わなかった……カグヤ、いいか？」

「いいわよ。アタシだって頭に来てるしね」

一行は、ダンジョンの最上階へ向かって進む。

第十三章　知らなかった悪意

ダンジョンへの定期便が到着した。

プリムたちは荷車から降り、百階建ての『塔』こと『アメノミハシラ』を見上げる。

「ふわぁ……これがダンジョンですか」

「大きいですね……確か、空間歪曲《わいきょく》という技術が用いられてるとか」

「そうにゃん。階層の広さは最大で町一つとかあるにゃん」

クロネはフードを被ったまま歩きだす。プリムとアイシェラも後に続いた。

ダンジョン前はかなりにぎわっている。小さな町のようなところで、露店や武器防具屋、情報屋や臨時冒険者ギルド、換金所や商隊などが集まっている。

「ダンジョンのお宝を換金したり、商人が珍しい道具を買ってくれるにゃん。宿屋もあるし、湯屋もある。昔はこんなににぎわってなかったみたいだけど……今じゃ立派な町にゃん」

クロネはどうでもよさげに歩いている。プリムは珍しい物を見るかのようにキョロキョロし、アイシェラはそんなプリムにぴったりついていた。

町を歩くのは冒険者ばかり。そして。

「え……あ、あれ」

「………………」

プリムは、三人組の冒険者パーティーを見た。

正確には、その三人と鎖に繋《つな》がれた二人の獣人。しかも……子供だ。肌には黒い痣《あざ》のような物がいくつも浮かび、目は死んでいた。恐ろしいのは、子供たちを連れている冒険者パーティーが、とても楽しそうに嗤《わら》い合っていることだ。

「……道具にゃん」

「え……」

「あの子たちは『道具』にゃん。あの冒険者たちが腰に差してる剣やナイフと同じ……ただの道具」

「く、クロネ……？」

「このイエロートパーズ王国は獣人の扱いが最低にゃん。本当に……」

クロネはフードを深くかぶり、歯を食いしばった。

アイシェラは何も言わず、プリムは、

「私、ちょっと行ってきます!!」

「にゃ……!?」

「ちょ、お嬢様!?」

プリムは冒険者パーティーの元へ。そして、リーダー格らしき男に話しかけた。

「あ？　なんだいお嬢ちゃん」

「あの、この子たちは」

「ああ、そこで買ったんだ。『罠避《わなよ》け』だよ」

「こんな小さな子を買うなんて、人としてどうかと思います!!　あなたたち、この子たちをなんだと思っているんですか!!　恥を知りなさい!!」

「……なんだこいつ？　可愛い顔してるくせにイキりやがって。相手してほしいのかい？」

「ふざけないで!!　人身売ば「お嬢様!!」もがっ」

アイシェラがプリムの口をふさいだが、もう遅かった。

冒険者三人組がイラついた表情でプリムを見ていた。

「済まない。その……わ、罠避けを買った場所を教えてくれ」

「……そんなもん、道具屋に決まってんだろ」

「ありがとう。迷惑料だ」

アイシェラは金貨一枚を男に渡し、プリムを引きずって離れた。

当然、プリムは怒る。

「アイシェラ!!」

「申し訳ございません。ですが、私はお嬢様の安全を考えた上で行動しました。お嬢様……このイエロートパーズ王国では、獣人は道具のような扱いを受けている事実、お受け止めください」

「っ……でも」

「あそこでお嬢様が怒っても意味がありません。それどころか、軽率な行動でお嬢様自身が危険な目に遭うところだったのですよ？」

「…………」

うつむくプリム。そこに、クロネが言う。

「どのみち、あの子たちはもう長くないにゃん。あの黒い痣、魔法研究所の実験で受けた痕……あの痣がある子供は、長くても一週間ほどの命にゃん」

「え……そ、そんな」

「見てわからにゃい？　あの目……もう、命を諦めてるにゃん」

よく見ると、冒険者たちの多くは獣人の子供を……『罠避け』を連れていた。

道具を携帯するのに罪悪感を持つ者はいない。獣人の子を鎖で引くのに、罪悪感などなかった。

「う……」

「お嬢様。これが……現実です」

プリムは口を堅く結び、目に涙を浮かべる。

先ほどの冒険者たちは、ダンジョンの中に入ってしまったようだ。

「帰るにゃん？　ぬくぬくした温室で育ったお姫様には辛い現実にゃん」

「おい、やめろ」

「ふん……世界がどれほど臭いかを知らない奴」

「黙れ……っ」

アイシェラとクロネが険悪になるが、プリムはそこに割って入る。

「クロネ、アイシェラ。行こう」

「……」

「お嬢様……」

「私は平気……これが現実でも、もう逃げないよ。私は、私にできることをするだけだから」

「……きっと辛いこと、いっぱいあるにゃん」

「それでも、私は進む。ようやく手に入れた自由だから」

「……ふん」

クロネはそっぽを向き、アイシェラはそっとプリムに抱き着いた。

「お嬢様、お強くなられた……」

「そうかな？　あと胸を触らないで」

「あん♪」

「台無しにゃ……」

クロネがげんなりした瞬間────。

「ふむ、ここが半天使の造りし塔、ですか」

全身の毛が逆立つかと思った。

ほんの十メートルほど後ろに、得体の知れない何かがいた。

黒いローブ、黒い本、オールバックの髪型、縁なし眼鏡。そして、整った顔立ちが浮かべる微笑。

「クロネ？」

「おい、どうした？」

プリムとアイシェラは気付いていない。

獣人だからこその感覚。周囲を見ると、『罠避け』の子供たちも何かを感じ取ったのか震えていた。

クロネは真《ま》っ蒼《さお》になり、冷や汗をダラダラ流す。

「に……逃げるにゃん!!」

「え?」

「お、おい?」

「走れ!!　早く!!」

クロネは逃げ出した。

わけがわからないプリムとアイシェラはその場から動かない。プリムから一定距離離れたクロネの全身に激痛が走る。だがクロネは止まらない。

「く、クロ「走れっつってるにゃん!!」は、はいっ!!」

プリムとアイシェラは走り出した。

向かうはダンジョンしかない。プリムたちはクロネと並ぶと、ようやく質問できた。

「おい貴様、何を」

「ヤバい奴がいた。ヤバい、ヤバい……」

「や、やばい?」

「死ぬ。死ぬにゃん……あれは違う。人じゃない。あれは……やばい」

言葉になっていない。それに、クロネは真っ蒼になったまま前を向いていた。歯がカタカタ鳴り、平常心を失っているようだ。

そして、ダンジョンの入口に到着した。

入口には冒険者たちが並び、何やら騒ぎになっている。『罠避け』の獣人たちが震え始め、ピクリとも動かなくなったようだ。

「おい、なんだこれ……不良品か？」「こっちもだ。おい、動け!!」

「なんだぁ？　一斉に」「ったく、返品しなきゃ」

誰も、気付いていない。

原因が、『懲罰の七天使《アインソフオウル・セブン》』の一人、ショフティエルということに。

クロネは、騒ぎになっている隙にダンジョンの入口に突っ込んだ。もちろん、プリムとアイシェラも一緒に付いていく。

「おい!!　待て!!」

「ごめんなさいっ!!」

「仕方ない……すまんが通るぞ!!」

冒険者の制止を無視し、クロネたちはダンジョンの中に逃げ込んだ。

◇◇◇◇◇◇

ショフティエルは、プリムたちなど見ていなかった。

「さて、始めますか……『断罪の書』」

手に持った黒い本のページが一気にめくれ、ばらばらになって宙に飛び出しては千切れていく。

他者の『罪』がページとなり、本そのものが『審判』を司る『黒神器』で、審判を司る天使であるショフティエルの力であった。

当然、黒い本からページが飛び出した瞬間は、大勢の冒険者たちが見ていた。

「なんだぁ？」「神父か？」「なにあの本？」

「特異種？」「おいおい、なんだよあれ？」

道化師を見るような感覚で集まる冒険者たち。そして、ショフティエルを警戒し武器に手を添える玄人冒険者たち。

だが、その判断は間違っている。正しい判断は……逃げ出すことだけだ。

「静粛に」

ピタリと、騒ぎが止まった。

正確には『審判の場』が形成され、ショフティエルがこの場を支配したのだ。

宙を舞う紙吹雪が『断罪天秤《てんびん》』へ姿を変え、この場に存在するすべての命の『罪』を計る。

「ではこれより、あなたたちの『罪』を量《はか》りましょう」

一方的な『断罪』が始まり……数百名いた冒険者たちは『紙』となってショフティエルの本に収まった。

「む……？」

だが、ショフティエルの『断罪』から逃れた冒険者たちもいる。

『断罪』が形成する『審判の場』には有効範囲がある。その範囲外にいた冒険者たちは、難を逃れたようだ。

「ふむ。裁きが足りないようですね……まぁ問題ありませんが」

だが、それも意味がなかった。

裁きは、平等に下される。

第十四章　まさかの再会

罠《わな》避けという胸糞《むなくそ》悪い『獣人』を使う連中はごまんといた。

そのたびに、フレアとカグヤは冒険者を叩《たた》きのめす。自身の評判など知ったことではない。

罠避けの獣人は、殆《ほとん》どが子供だった。ダニエル曰《いわ》く『大人の獣人はある程度実験に耐えられるが、生命力の低い子供の獣人では長くもたない。多く売りに出されるのは子供だ』と。

現在、五十階層。まっすぐで何もない通路だった。

そして、たった一日でここまで来た。

「はぁ……イエロートパーズ王国ってクソだな。先生も『人の悪意は底知れない。呪術よりよっぽど恐ろしい』って言ってたっけ」

「なんの罪もない子供が痛めつけられて死ぬ。こういうの見ると頭に来るし……気分悪いわ」

「カグヤ、何人やった？」

「十人くらい。あんたは？」

「同じくらい」

フレアとカグヤは、互いに半殺しにした冒険者の数を教え合った。

この二人、実に平等である。男も女も容赦なく顔面を陥没させる勢いで殴り蹴った。

ダニエルは頭をポリポリ掻《か》く。

「お前らなぁ……殴られた奴らが集団でギルドに報告したら間違いなく降格……いや、除名処分もあり得るぞ。こんな言い方はしたかないが、罠避けはダンジョンじゃ……いや、イエロートパーズ王国だけは合法なんだよ」

「知らねーよ。こんなこと容認する冒険者なら首《クビ》でいい」

「アタシも。ちょっと世界を知らな過ぎたわ……」

「はぁ……」

ダニエルはため息をつき、五十階層の細長い通路を歩いて行く。

今更ながらフレアは気づいた。

「そういやここ、何もないな」

「ああ、幸か不幸か……ここは『転移階層』だ」

「転移階層?」

「そうだ。けっこう低い確率で出くわす階層で、この先には『転移魔法陣』が設置されてる。それに乗るとあら不思議。別の階層に転移しちまうのさ」

「へぇ〜、なんか面白そうね‼」

カグヤが笑って言うが、ダニエルは首を振る。

「アホ言うな。面白いなんてことはねぇ……下の階層に飛ばされるかもしれないし、何の準備もなしに九十階層なんかに飛ばされちまう可能性だってある。過去に、ダンジョン初挑戦の奴らがいきなり九十五階層に飛ばされて凶悪な魔獣に殺されたなんて話もあるんだぞ。しかもこの転移階層、いつどこで現れるか全く予測不能だ。このダンジョンを作った野郎の趣味とオレはみてるね」

要するに、全てランダム。

下の階層に飛ばされるか、上の階に飛ばされるか。誰にも予測できないのである。

上層階に飛ばされれば危険なＳＳレート級の魔獣が出てくるかもしれない。

「ま、行けばいいだろ」

「お前、お気楽だなぁ……」

「アタシ、上に行きたい!!」

「だからランダムって言ってるだろ……」

『わぅうん』

「お前はいいやつだな……ワンコ」

ダニエルはシラヌイを撫《な》でた。

そして、通路の奥に到着。小部屋になっていて、床には模様が刻まれていた。

「これが転移魔法陣だ。これの上に乗ればどこかの階層に転移される」

「じゃ、行くか」

「ええ」

「ちょ、少しは躊躇《ためら》うとかしろよ……」

フレアとカグヤは転移魔法陣の上に乗り、ダニエルとシラヌイも後に続いた。

すると……床の魔法陣が淡く輝きだした。

「とりあえず上がいいなー」

「そうね。ねぇ、次の階層行ったらおやつ食べましょ。クッキーあったわよね？」

「お気楽だなお前ら……」

『わん!!』

魔法陣が輝き、フレアたちの身体は光に包まれ消えていった。

「お、到ちゃ――――」

転移した場所は平原のど真ん中だった。

周囲には何もない見晴らしのいい原っぱで、大きな町の広場のようだ。

ただ、普通の町の大きな広場には魔獣は……ロックゴレムと呼ばれるAレートの魔獣が集まり、転移した場所の中心に出たフレアたちを完全包囲したりしないだろう。

「「「…………」」」

『くぅ？』

しばし、茫然《ぼうぜん》。そして……ダニエルは言った。

「終わった……」

「いやいや、終わってないから」

『グォルアァァァァッ!!』

『『『『グルォォォォォッ!!』』』』

岩がくっついて人型になったような魔獣ロックゴレムが叫ぶと、フレアたちに気付いた他のロックゴレムたちも雄叫びを上げ、叫びが連鎖となり空間内全てのロックゴレムがフレアたちに気が付いた。

どこか悟ったような表情のダニエル。

「死んだ……ハズレもハズレ。どこよここ？　上層階なのは違いないな」

「ふん、こういうのを待ってたのよこういうの!!　アタシが全部砕いて「待った」

フレアの左手が黄色の炎で燃える。そして、左手に巨大な爪手甲『大地の爪』が装着された。

第三地獄炎の魔神器が燃える。まるで、フレアの怒りに共鳴するかのように。

「ちょうどイライラしてたんだ……思いっきり発散させてもらうぞ」

フレアは、左手の『大地の爪』を地面に突き刺し、空間内全ての大地から黄色の炎が、まるで火柱のように吹き上がる。

ロックゴレムも異常を察知したが、もう手遅れだった。

「第三地獄炎奥義!!　『地母神の怒り《マグナ・マテル・イーラ》』!!」

大爆発が起きた。

ダンジョンそのものが崩壊しかねない威力で地面が爆発、ロックゴレム五百体は粉々になって消滅した。

唖然《あぜん》とするカグヤとダニエル。フレアは左手を抜き呟《つぶや》いた。

「うっし、終わり!!」

ちなみに、ここは五十九階層。分岐ルートのある六十階層の真下だった。

「よし、次いく「ふんっ」あっだぁ⁉　な、なにすんだ⁉」

フレアはカグヤに殴られた。

「あんたねぇ……こんなにいっぱい魔獣がいたのに一人でやるってどういうことよ‼　アタシもやりたかったのにぃ‼」

「べ、別にいいだろ……けっこうイライラしてたし、いい気分転換になったよ」

「アタシは余計ムカついた‼」

『わぅぅん』

「ほ、ほら、シラヌイもやめろって」

「あんたをやれって言ってんのかもね……」

カグヤはご立腹だ。それもそのはず。たくさんいた獲物を全て横取りされたようなものだから。

だが、フレアにそんなつもりはない。第三地獄炎の奥義を試してみたかったし、イライラしていたのでガス抜きをしたかったのだ。

その代わり、カグヤのガスがさらに溜《た》まってしまった。

「じゃ、じゃあ、次はお前に譲るよ……って、顔近づけんなよ」

「うっさい‼」

「おいおいお二人さん。痴話喧嘩《げんか》はやめとけ」

「はぁ⁉　誰がこんな奴と痴話喧嘩よ‼　蹴り殺すわよアンタ‼」

「そ、そんなに怒るなよ……それより見ろ、次の階層だ」

フレアたちのすぐそばに、どこからともなく石の円柱があらわれた。よく見ると中に階段があり、次の階層に進めるようになっている。

「どうやらスタンピード階層……大勢の魔獣全てを討伐しないと次に進めない階層だったようだ。しかもここ、五十九階層だ。次はいよいよ分岐ルート……ああ、中継地点でもあるな。一度外に出られるぞ」

「出て大丈夫なのか？」

「ああ。理由は不明だが、一度入って出ると最高到達階層からスタートできる。もちろん、その下から始めることも可能だ。このダンジョンの製作者は親切だね」

「じゃあ、一旦外出るか。腹も減ったし、外は夜になってるだろ」

「そうね。体力ばっちり回復させて、明日中に踏破してやるわ!!」

「マジでとんでもないなぁ……もうオレの出番いらないんじゃね？」

「まぁ、せっかくだし付きあえよ」

「いいけどな。三日の契約だし」

フレアたちは石階段を上り六十階層へ。

「へ？」

「え？」

「は？」

「ん？」

「先客か？」

「にゃ？」

そこに、なぜかプリムたちがいた。

「「「…………」」」

「え、なによこの空気。ってか誰？」

「オレに聞くなよ……固まってるぞ」

カグヤとダニエルの声が聞こえているようで聞こえなかった。

え、なにこれ？　目の前にいる女の子……めっちゃ見覚えあるぞ。

「え、プリム？　あれ、髪切った？」

「は、はい。って、ふ……フレア？　え、なぜここに」

「いやそれ、俺のセリフじゃね？　ブルーサファイア王国にいるんじゃねーの？」

「え、えっと、おつかいを頼まれて」

「おつかいね。いやはや、こんなところまで大変だな。それにダンジョンにお使いとか」

「……そ、そうですね」

「ああ。お、そっちはアイシェラか。あと……ん？　なんか見覚えのあるやつだな」

未だに硬直してるアイシェラと、どこか見覚えのあるフードを被った……女かな？

ブルーサファイア王国にいると思ったのに、こんなダンジョンで会うとは思わなかった。

『わんわんっ!!』

「きゃっ⁉　わわ、シラヌイ、久しぶりですっ」

『くぅうん……』

よくわからんが、目の前にプリムがいる。それとアイシェラも。

「落ち着け落ち着け……ふぅう。よし‼　おい貴様、なぜここにいる」

「よ、アイシェラ。久しぶりじゃん。相変わらずプリムに変態的なことしてんのか？　プリム、毒蛇は使ったか？」

「い、いえ……」

「おい、貴様と世間話するつもりはない。なぜここにいる。ブルーサファイア王国に戻ったんじゃないのか？」

「いや、ブルーサファイア王国に戻ろうとしたらさ、乗る船間違えてイエロートパーズ王国に来ちゃったんだよ。しかも次の船は一年後とか言うし、仕方ないからプリム宛に手紙送って冒険してたんだ……って、手紙は受け取ってないか？」

「は、はい」

「あー……そっか。まぁ、ニーアは無事に送り届けたから。天使もブチのめしたし」

「あの、頭が混乱しそうです。フレアに会えて、会えて……嬉《うれ》しいんですけど、いきなりすぎて」

「ま、そうだよな。俺もちょっと驚いてるぞ。あはは」

と、なんとなく笑って部屋を見渡す。

半円形の部屋で、立派な装飾のドアが三つあった。どうやらここから分岐ルートになるようだ。

部屋の隅っこには魔法陣もある。たぶん、あれが出口だろう。

「ねぇフレア……そろそろ紹介しなさいよ」

「あ、そっか」

そういえば、カグヤとダニエルは初対面だな。

プリムとか、カグヤをチラチラ見て気にしてるっぽいし。

「紹介するよ。こいつはカグヤ、レッドルビー王国で俺に喧嘩売って返り討ちにあってくっついてきた冒険者。そこそこ強くて俺にリベンジしたいんだって」

「紹介雑!!　つーか負けてないし!!」

「か、カグヤさん……すっごく綺麗《きれい》な人ですぅ。あの、フレアと一緒に旅を……？」

「まぁね。コイツと一緒に依頼受けたりしてここまで来たの」

「そ、そうですか……むむむ」

なんかプリムが唸《うな》ってる。ま、いいや。

「あー……よくわからんが、知り合い同士か？　この六十階層は分岐点だし安全だ。積もる話もあるなら、今日はここらで帰ろうぜ。そこの魔法陣で地上に「ダメにゃん!!」

と、フードを被った女が叫ぶ……にゃん？

女がフードを取ると、ネコミミがぴょこっと飛び出した。あれ、なんか見覚えあるな。

「………………あ!!　思い出した!!　クロネニャンだ!!」

「ちっがう!!　クロネ、ク・ロ・ネ!!　クロネが名前にゃん!!」

「そうそう、それそれ。なんか久しぶり……って、なんでプリムと一緒に？」

「……いろいろあるにゃん。それより、外はヤバいにゃん。バケモノがいるにゃん」

「バケモノ？　魔獣か？」

「ち、違う……そんなものとはくらべものにならないにゃん。全身の毛が逆立ったような感覚……昔、一度だけ味わったことがあるにゃん……」

クロネは蒼《あお》い顔で震えていた。プリムがそっと寄り添い、アイシェラは眉をひそめている。

そして、震えながら言った。

「あ、あれは……天使にゃん。悪意に満ちた天使が来てるにゃん」

「なーんだ。天使か」

「な、なーんだじゃないにゃん!!　天使にゃん天使!!」

「ふーん……何しに来たか知らんけど、俺に喧嘩売るならブチのめすだけだ」

「にゃ……ば、馬鹿にゃん」

クロネは頭を抱えてしまった……ああそっか、これが天使に対する認識だった。

恐怖、そして絶対的な存在。俺からすればうっとうしいだけなんだが。

「フレア。クロネも怖がってますし……ここなら安全ですよね？　今日はここで休みませんか？」

「俺はいいけど」

「アタシもいいわ。食べ物もあるしね」

「オレもいいぜ。ダンジョン内の転移魔法陣がある部屋は魔獣が寄ってこないからな」

「お嬢様がいいなら私もいいです‼」

「……にゃん」

プリムはポンと手を叩く。

「よし‼　では夕飯にしましょう‼」

◇◇◇◇◇◇

クロネが持っていた袋の中に、テントやら簡易テーブルやら食料やらがいっぱい入っていた。

俺とダニエルでテントを組み、女性陣は夕飯の支度だ。支度と言っても、パンを切って野菜や肉を挟んで出すだけだが……火が使えないんだよね、ここ。

夕食を食べ、互いに情報交換をするのだが。

「『ダニエル？　堕天使の？』」

「はい。その方に手紙を渡すようにと言われまして」

「だってさ。アンタ、堕天使なの？」

「ばば、馬鹿言うんじゃねぇよ。オレが堕天使なわけねぇだろ⁉」

カグヤのジト目にダニエルは手と首を同時に振るという器用な真似をした。

アイシェラはフンと鼻を鳴らす。

「ま、そんな都合よくいかないな。おい貴様、ここを出たらお嬢様の仕事を手伝ってもらうぞ」

「いいけど。あんた、相変わらずだな」

「アタシもやるの？　なんかめんどいなー」

「貴様には頼んでない」

「あ？　オバさん、口の利き方に気を付けなさい。蹴り殺すわよ」

「誰がオバさんだと？　小娘」

「おい、やめろよカグヤ」

「アイシェラ、仲良くして」

「「……ふん」」

アイシェラとカグヤが険悪だ。

すると、プリムが俺をじーっと見て……くすりと笑う。

「フレアですねぇ……」

「なんだよ、急に」

「いえ。まさかここで会えるとは思ってなかったから……ふふ、嬉しいです」

「だな。俺もお前が自由に冒険できるって聞いて嬉しいぞ。用事済んだらどうする？　ブルーサファイア王国に戻るつもりだったけど、プリムがいるなら違う国で冒険するのもいいな」

「あ、面白そうです。えーっと……イエロートパーズ王国の隣はブラックオニキス王国かパープルアメジスト王国ですね」

「どっちが面白いかな？　まぁどっちも行くけど」

「えーっと……パープルアメジスト王国は技術大国って言われてて『魔道機関』が非常に発達しています。ブラックオニキス王国は吸血鬼の国です……こっちは無理かな」

「ほうほう……やばい。めっちゃ面白そう」

魔道機関は魔法の力で仕掛けを動かす道具だったかな。フリオニールの故郷だっけ。

吸血鬼……ってのはわからん。

「えへへ……冒険、たのしみです」

「だな。ま、よろしく頼む」

「はい!!　わわっ」

『わぅぅん』

シラヌイが嬉しそうにプリムにすり寄った。

「おい貴様。お嬢様といい雰囲気になるんじゃない!!　そこは私の役目だ!!」

「なぁプリム。やっぱりアイシェラも連れて行くの?」

「え、ええ……」

「アタシ、こいつ嫌い」

「安心しろ。私もお前は嫌いだ」

「……こいつら大丈夫なのかにゃん」

「さーな。ネコミミちゃん」

この日は、遅くまで喋《しゃべ》っていた。

俺がレッドルビーで過ごした日々や、プリムたちがブルーサファイア王国で過ごした日々。クロネがなぜここにいるかとか、カグヤと俺の戦い、そして十二使徒を倒したことなど。

ダニエルが『明日は上層に行くんだろ？　もう寝ろよ』って言うまでずっと喋っていた。

見張りは、俺がすることになった。クロネが怯《おび》えている天使が昇ってきたら、対応しだいで焼き尽くすつもりだ。

「それにしても……天使は何しに来てんのかね？　天使もダンジョンに昇るのかな」

◇◇◇◇◇◇

ショフティエルは『審判』を終えた。

ダンジョン周辺の人間を『裁き』終わるころにはすっかり夜だった。

「ふむ。少し汗をかきましたね。休憩して『審判』の続きと参りましょうか」

そう言って、この場から去った。

夜の闇に溶けるように消えたショフティエル。そして数分後。

「あれー？　人気《ひとけ》がまるでないね」

「ほんとね……んー、お休みとか？」

「んー……なにも感じないなぁ」

ミカエルとラティエルがダンジョンに到着。人気がまるでないことに気付いたが、ショフティエルの『審判』で罰せられた人々が『紙』にされ、ショフティエルの本のページにされたことで痕跡自体が残っていないのだ。

探知がドヘタなミカエルはもちろん、ラティエルですら気付かなかった。

「ま、いいわ。フレアたちはこのダンジョンにいるんでしょ？　最上階で待つわよ」

「う、うん……なんだろう、この感じ」

「なによ？」

「ん、ん～？　天使、かなぁ？」

「はぁ？　ま、どうでもいいわ。あたしには喧嘩売る天使なんていないでしょ。じゃ、行くわよ」

「う、うん。わかった」

二人の背中から十枚の翼が広がり、夜の空に向かって羽ばたいた。

「………う～ん？」

ラティエルは、妙な違和感に囚われつつも……その場を後にした。

第十五章　夢幻氷殿

「じゃ、行くか。って言いたいけど……外に出なくていいのか？　よくわかんねーけど、天使はもういないんじゃね？」

「行きます。一緒に行きます!!」

「お、おぅ……アイシェラも一緒……だよな」

「なんだ貴様。文句があるのか」

アメノミハシラ・六十階層。

五時間ほど休憩し、簡単な食事をして出発準備を終えた。

カグヤは大きく伸びをしながら言う。

「付いてくるのはいいけど、自分の身は自分で守りなさいね。アタシもフレアもそうしてきたから」

「お、おい。オレのことは守れよ？　依頼したのお前らだからな？」

「はいはい。見たところ……んー、微妙ね」

「なんだと貴様。お嬢様は私が命がけで守るぞ」

俺、カグヤ、プリム、アイシェラ、クロネ、ダニエル。そしてシラヌイ。

六人と一匹になったメンバーは、ダンジョンの上層階へ進むことにした。

クロネが外に出るのを嫌がったので、ダンジョンの最上階まで行ってお宝をゲットし、その後に地上に戻る。もし天使がいて喧嘩《けんか》売ってきたら黒焦げにするってことでおさまった。

「ダンジョン、楽しみです。いきなりここに飛ばされたからよくわからなくて」

プリムがうきうきしている。

プリムたち、クロネがダンジョンに飛び込んで、後を追って彷徨《さまよ》っているうちに転移魔法陣に辿《たど》り着いて、転移したと思ったらここ六十階層だった……というわけだ。

たまたま俺たちが来なかったらどうなってたか。

「……にゃん」

「おい、辛気臭い顔してんなよ。ネコミミ揉《も》むぞ」

「にゃ!? やめるにゃん!! っていうか、うちのおっぱい揉んだこと忘れてないにゃん!! そのツケはちゃんと支払ってもらうからにゃん!!」

「いやいや、お前が俺を襲ったのが原因だろ」

「つぐ……そ、それはそれ、これはこれにゃん!!」

「なんだそりゃ……まぁいいや」

うーん……プリム以外は俺のこと嫌いみたいなんだよなぁ。別にいいけど。

というか、これからはこのメンバーで旅するのか。ダニエルはダンジョン探索で雇っただけだから別として……女ばっかだな。

「フレア、討伐ルート行くんでしょ」

「ああ。ダニエル、どの扉だ?」

「……あれだ。あの魔獣同士が絡み合ってるレリーフのある扉」

「おし」

ダニエルが指さした扉には、確かに魔獣同士が絡み合っているレリーフがあった。

俺はカグヤたちに確認する。

「じゃ、この扉を行くぞ。俺とカグヤで戦うから、アイシェラと……クロネもか？　プリムを守ってくれ。ダニエルはまぁ適当に」

「オレの扱い雑!!　ってか守れよ!?」

ダニエルを無視し、俺は扉を開けた。

「「「「……え？」」」」

扉の先にあったのは……巨大な『湖』だった。

狭い入り江には小舟がある。ああそっか、ダンジョンって見かけ通りの広さじゃないんだっけ。

ダニエルが湖の奥を見る。

「……ああ、なるほどな。どうやらこの小舟で向こう岸まで行くみたいだ」

「おいおい、討伐ルートじゃねぇのかよ」

「いるぜ？　湖の中に大物がな」

「水の中か……」

となると、第二地獄炎の独壇場かな。

「お嬢様。やはり引きかえ……あれ!?　開かないぞ!!」

「ああ、一度入ると十階層ごとにしか転移魔法陣はないぜ？」

「それを早く言え!!」

ダニエルの胸倉をつかんで怒鳴るアイシェラだが、もうどうしようもない。

ところが、プリムはめっちゃ興奮していた。

「わぁぁ～♪　冒険の匂いがしますっ!!」

「水……怖いにゃん」

「水中ねぇ……ふん、魚かしら？　アタシが食ってやるわ」

と、こんな感じ。アイシェラはダニエルの胸倉を放す。

「っく……おい貴様、さっさと行くぞ」

「お、おう……なぁフレア、このお嬢さん何なんだ？」

「お嬢様好きの変態」

「おい貴様。変なことを言うな。さっさと舟の準備をしろ」

舟の準備をして全員で乗り込む。オールはダニエルに任せ、俺とカグヤは周囲を警戒する。

「わぁ～♪　気持ちいいですっ!!」

「お、お嬢様……も、もっと気持ちいいこと教えてあげましょうかぁ!?　ふぅふぅ、はぁはぁ!!」

「アイシェラ、呼吸禁止」

「はぁぁっぷ!!」

「こいつやっぱりおかしいにゃん……」

「ねぇ、そいつ餌にして魔獣誘《おび》き寄せない？」

小舟はのんびり進む。

俺はシラヌイを撫《な》でながら湖の奥を見る……遠いな。ぜんぜん見えないぞ。

『………』

「シラヌイ？」

シラヌイのイヌミミがぴくっと動き、顔を上げた。

シラヌイの直感は非常に優秀だ。俺も警戒レベルをマックスに――――。

次の瞬間――――舟の真下が爆発した。

「きゃぁぁぁぁぁぁーーーーーッ⁉」

「なな、なんだぁぁぁっ⁉」

プリムと俺の驚きが叫びとなって出た。

舟が持ち上げられた。水面が爆発した。現在上空にいる。これくらいしかわからない。

小舟は空中で暴れ、俺たちは湖に投げ出された。

「どわっぷ⁉　ぶはっ、くそ、何が……おい‼　みんな‼」

水面に顔を出し叫ぶが返事がない。

近くで小舟がひっくり返ってるのが見え、ダニエルがしがみつきシラヌイが小舟の上で吠《ほ》えているのがわかった。

「おいフレア‼　オレは無事だ‼」

「ダニエル!!　なんだよこれ⁉」

「魔獣だ!!　下にいる……デカいぞ!!」

ダニエルが叫ぶ。俺は第二地獄炎を使おうとして……考える。

氷の炎。もし水の中にプリムたちがいるなら……凍死の可能性がある。

うかつに使用できない。

「くそっ!!　おいプリム!!　アイシェラ!!　カグヤ!!　クロネ!!」

とにかく泳ぐ。くそ、この湖めっちゃ広い……いた!!

「カグヤ!!」

「ふ、フレアっ!!　ちょ、ここ足つかな、助け!!」

「おま、泳げないのかよ……まぁいいや、摑《つか》まれ」

「つぷぁぁっ!!」

カグヤの奴、あんまり泳げないらしい……って、そんなことより!!

「よ、鎧《よろい》、おも、しずむっ……」

「アイシェラ!!」

「たた、たずけ」

「摑まれ!!」

アイシェラを救出した。カグヤの近くでバシャバシャやっていたので見つけやすかった。

あとはクロネとプリム。

「お嬢様!! おい貴様、あそこにお嬢様が!!」

「どこだ……いたっ!!」

アイシェラが俺の頭をバシバシ叩《たた》き、クロネを摑んで必死に泳いでいるプリムを見つけた。

さすがに二人抱えたままじゃ泳ぎにくい。でもプリムの元へ泳いで進む。

「プリム!! 無事か!?」

「は、はいっ!! クロネが、水飲んじゃって……」

「うにゃっ!! く、くるしいにゃん……」

「摑まれ!!」

「は、はい……えっと、どこに?」

「どこでもいいっ!!」

現在、カグヤは右側、アイシェラが左側、プリムが背中、クロネが正面にしがみついている。

はっきり言ってめちゃくちゃ重い。でも、なんとか根性と筋力で立ち泳ぎ。これ……かなり身体を使うし体力も使う。修行にもってこいだな。

全員救出したけど、まだ真の問題が残っていた。

「フレア!! 魔獣がいるぞぉぉーーーーッ!!」

なんとか小舟を戻したダニエルが叫ぶ。そして……猛烈に嫌な予感がした。

「ふ、フレア……し、下に」

「ちょ、周り……ヤバいかも」

「か、囲まれてる……のか？」

「にゃん……終わったにゃん」

まず、真下に巨大で長いウナギみたいな魔獣が。

湖全体、いや……俺たちを包囲するように、一メートルくらいのサメが大量に集まっていた。

これが討伐ルート最初の試練。一気に凍らせれば……いや待て、さすがに凍死するかも。

「フレア……」

「……ヤバいな」

サメにとって俺たちは餌なんだろう。

真下のウナギは、サメが俺たちに集まった瞬間に丸呑《の》みするのかもしれない。

カグヤはろくに泳げないから歯ぎしりし、アイシェラはプリムの手を握り、クロネは諦めたのか俺に抱き着いたまま胸に顔をうずめている。

プリムは……俺を見ていた。

「くそ、こんなところで死ねるか!!」

イチかバチか、第二地獄炎で――――。

『や、やりおった……やるとは思っておった。まさかハーレム!!　ハーレムを作るとは!!　清楚《せいそ》系お嬢様、幼馴染《おさななじみ》元気っ娘《こ》、堅物女騎士、ネコミミ少女!!　くぅぅ～～～っ!!　やはりおぬしは期待以上の存在!!　わらわ……わらわはもうっ!!』

………へんな声が聞こえてきた。

幻聴だろうか。意味がわからない。

すると、右足が熱くなり、『フリズスキャルヴ・カテナ』が顕現する。

『今こそ!! 第二地獄炎の女王「アヴローレイア・コキュートス・フロストクイーン」の真なる青炎の力を使う時ぃぃぃぃぃぃぃぃぃーーーーーーッ!!』

「………あ、うん。わかった」


右足から蒼《あお》い炎が噴射される。

「え? ふ、フレア?」

「黄昏《たそがれ》の世界より来たりし我が炎。第二地獄炎の女王『アヴローレイア・コキュートス・フロストクイーン』よ」

「あ、まさかこれ!!」

「な、なんだ……?」

「にゃ?」

俺たちを中心に氷が形成されていく。

魔法陣のような氷が足下に広がり、湖の水が凍り、形を成していく。

氷の規模が広がり足下のウナギが慌てて逃げだした。サメたちも距離を取り、逃げ遅れたサメが凍り付く。

「第二地獄炎『フリズスキャルヴ・カテナ』女王顕現《オーバードライブ》!!　『夢幻氷殿クイーン・オブ・フローズンハート』!!」

それは、湖に浮かぶ『氷の城』だった。

氷の城の最上階に、俺たちはいた。

俺は玉座に座り、プリムたちが俺にしがみつく感じ。まるで女をはべらせる王様みたいだ。

「な、なんだこりゃ……氷の城か？」

「出したアンタが驚いてどうすんのよ」

カグヤが離れ、それに続いて全員が離れた。アイシェラは、城の窓から下を眺める。

「お、おい見ろ!!」

俺たち全員で窓の下を眺めると、大量の魔獣が集まってきた。サメだの亀だのカエルだの、どれも凶悪そうな顔をしている。

「ヤバいな。このままじゃダニエルとシラヌイが……よし!!」

俺は再び玉座に座る。すると、この城の使い方が頭に流れ込んで来た。

「よし。このままこの階層にいる敵を殲滅《せんめつ》する。夢幻氷殿、武装展開!!」

敵は、この広大な湖に住む魔獣たち。よーし、やってやる。

「『氷兵シャーク』発進!!」

氷のサメこと『氷兵シャーク』が城の下部から発射。こっちに向かってくる魔獣のサメと戦いはじめた。プリムたちは、城のバルコニーから湖を眺めている。

「よーし。氷台展開。『氷砲弾』発射!!」

城の壁が開き、いくつもの砲台が展開され、氷の砲弾が発射された。

砲弾が着水すると、周囲の水を巻き込んで一気に氷結。氷柱のように凍り、魔獣たちを巻き込んだ。おお、すごいな。

すると、湖から巨大な『ウツボ』が首を出した。

「お、あれがボスか……よし、『氷結弩砲《フリズス・ヴァリスタ》』準備」

「わわわ、おっきな弓が出てきました!!」

プリムが驚くのも無理はない。巨大な固定砲台の弓が、プリムたちのいるバルコニーから、一瞬で凍り付くように現れたのだ。

『氷結弩砲』には、氷の矢が装填される。そして、ウツボめがけて照準を定めた。

「第二地獄炎、極限奥義!!『インフェルノ・ハウリング』!!」

氷の矢が発射。ウツボは避けることもできず矢が貫通。一瞬で凍り付き、爆発するように砕け散った。

気配が全て消えた……よし、敵が全て倒されたようだ。

この『夢幻氷殿クイーン・オブ・フローズンハート』は、フリズスキャルヴ・カテナの真の姿。

火乃加具土命《ヒノカグツチ》とはタイプが違う、防御特化の能力みたいだ。

水場では無敵の要塞だ。現に、魔獣はほとんど消滅した。

敵がいなくなり、プリムたちはようやく少し余裕が出たようだ。

「それにしても、綺麗《きれい》なお城です……蒼くて、キラキラ」

「趣味悪いにゃん……」

レッドルビー王城よりやや小さいくらいで、装飾はめっちゃ凝っている。

カグヤは窓の外にいたダニエルたちを指さした。

「あ、あそこ!!　シラヌイたちも無事みたいよ。フレア、これなんとかしなさいよ。消して」

「消してって……待て、この城……やっぱり、動かせるみたいだ」

「マジ？　じゃあ動かして。シラヌイたち回収して運んでよ」

「わかった……って、これめっちゃ疲れそうだ」

玉座に座り『前進!!』と念じると、城の両側に設置された水車が回転し動き出した。

途中、シラヌイとダニエルを回収。そのまま対岸まで向かい、六十一階層への階段も見つける。

城を解除すると、どっと疲れが押し寄せてきた。

「あー……疲れた」

「服、濡《ぬ》れちゃいました」

「お嬢様のお着替えを!!　ふふ、もちろんお手伝いを」

「いらない」

「はいぃぃぃんっ!!」

第二地獄炎の真の姿か……これ、とんでもなく疲れるわ。

第十六章　みんな一緒に

「カグヤ、そっち行ったぞ!!」

「わかってる!!　神風流、『凪打ち《なぎうち》』!!」

カグヤがゴブリンの首を蹴り砕き、俺は目の前にいたゴブリンの上位種を炎で燃やす。

現在六十五階層。森の中で、多種多様なゴブリンが湧きだす階層にいた。

俺とカグヤが現れるゴブリンをひたすら殴り蹴る。

「お嬢様、私の後ろへ!!」

「う、うん!!　みんな、怪我《けが》したら言って!!　わたしが治すから!!」

「おいおい、オレは非戦闘員だっつの!!」

「やかましいにゃん!!　いいから戦うにゃん!!」

アイシェラ、ダニエル、クロネも戦っている。

アイシェラは剣でゴブリンを両断、ダニエルはナイフでゴブリンの首をかっ斬り、クロネは籠手みたいな短弓で援護射撃している。

数が多すぎて俺とカグヤだけじゃさばけない。それに、森の中ということもあって大技が使いにくい。

「あぁぁもうぅっ!!　フレア、全部焼いちゃってよ!!」

「いや、いくらダンジョンと言っても森が火事になるし……なんか木々が焼けるのを見たくない」

「このアホ馬鹿!!　おりゃぁぁっ!!」

カグヤの蹴りがホブゴブリンの首をへし折った。

俺も負けじとゴブリンの群れに突っ込む。

「流の型・滅の型『合《あわせ》』……『散葉舞踊《ちるはぶよう》』!!」

流れるような連撃を叩《たた》き込み、ゴブリンたちの急所を的確に突いて倒す。

『ガァァァッ!!』

「流の型、『漣《さざなみ》』……からの滅の型、『百花繚乱《ひゃっかりょうらん》』!!」

剣を持ったゴブリンナイトの振り下ろしを受け流し、顔面を狙った連撃で倒す。

「そこっ!!」

「お、ありがとよ」

「いいからさっさと戦うにゃん!!」

「おう!!」

俺の横を『矢』が飛んで行くと、背後から忍び寄っていたゴブリンの顔面に突き刺さった。

クロネの援護射撃だ。ありがとう。

俺も回転式を抜き、飛びかかってきたゴブリンたちに発砲した。

「いやっははは!!　なんかみんなで戦うって楽しいな!!」

「もう飽きてきたけどねっ!!」

カグヤにそう言うと、苦笑するような返答が返ってきた。

◇◇◇◇◇◇

「半日進んでたった二十階層かぁ……」

「なんか遅いわね。もっとペース上げないと夜になっちゃうわよ」

「いやいやいやいやいや待て待て待て待て」

現在八十階層まで来た。

Sレートくらいの魔獣、数ばっかり多くて面倒な階層ばかりが続き、半日で八十階層までしか進んでない……そうカグヤと愚痴っていると、ダニエルが割り込んできた。

「いいか？　普通は六十階層より上はな、命がけで進む階層なんだよ。最初の湖とか、ゴブリンの集団とか、普通は六人で挑むような階層じゃないんだぞ？　最高到達階層は九十三だか四だか忘れたけどよ、その冒険者パーティーは五十人以上のクランで挑み、九十まで到達すんのに四十人以上死んだって話だ」

「「ふーん」」

「……お前ら、大物なのかバカなのかわからん……頭がおかしくなりそうだぜ」

「馬鹿に決まっているだろう。ね、お嬢様」

「え、えーっと……すごく強いってことはわかりました!!」

「貧相な感想にゃん」

というわけで、現在八十階層。

ぶっちゃけ、魔獣は大したことがない。一匹だけの場合が殆《ほとん》どで、スタンピード階層は非常に面倒くさい。一匹だけだと高レートの魔獣が現れるが、俺とカグヤの敵じゃない。

「次、アンタね」

「おう。まかせとけ」

「ん。プリム、休まなくて平気？」

「はい。私は皆さんが守ってくれますから……フレアみたいに闘える力があればいいんですけど」

「ま、気にすんな。なぁアイシェラ」

「その通り。お嬢様は可愛いから許されるのです。おい貴様、きりきり働けよ」

「……ほんと、あんたは変わんないな。ニーアを見るレイチェルを思い出すよ」

俺は回転式に銃弾を込め、ブレードの点検をしながら言う。

「どうする？　あと十階層進んで休むか？　最上階まで問題なく進めそうな気はするけど」

「馬鹿者。貴様はよくてもお嬢様がいるのだぞ」

「わ、私は大丈夫。あと十階層進んでから休もう？　残り十階層は体力万全にして挑んだ方がいいと思うよ？」

「だな。カグヤ、それでいいか？」

「いいわよ。ってかお腹減ってきたし、十階層はちょうどいいかもね」

というわけで、魔獣を倒しつつ十階層登りました。

けっこうな魔獣が現れたけど、俺とカグヤの敵じゃなかった。というかカグヤ、ダンジョンを登り始めた頃よりずっと強くなってやがる。

そして、九十階層……ラスト十階層まで来た。

九十一階層へ続く階段がある小部屋で休憩することにした。

俺は二時間ほど寝て、あとは見張り。女性連中はテントの中で着替えたり身体を拭いたりしている。アイシェラの興奮した声が聞こえたが無視した。すぐに静かになったから、クロネ辺りが寝かせたのだろう。俺はシラヌイを撫《な》でながら、武器の点検をする。

「よぉ」

「ダニエル……寝ないのか？」

「ああ。もうすぐ最上階だしな……いやはや、お前らみたいなでたらめな強さの冒険者、初めてだぜ。さすがは特異種」

俺はブレードを分解し、汚れを取り除きながら言った。

「なぁダニエル。お前さ……ほんとに堕天使じゃないのか？」

「……なんでだ？」

「いや、なんとなく」

ブレードを再び組み上げ装備する。手首を反らすとカシャッと刃が飛び出した。

「なんというか……根っこの部分っていうのかな。人間っぽくない、達観したような部分があるような気がするんだ。お前みたいなやつ知ってる……俺の先生もそうだった」

「……まいったね」

ダニエルはおどけたように手を広げ、苦笑した。

「ま、お前さんには教えてやる。そう、オレは堕天使さ」

ダニエルは一瞬だけ翼を広げ、すぐに消した。

灰色の翼だ……階梯《かいてい》天使とは違う、上位の天使。

「なんでダンジョン案内なんかやってるんだ？」

「人間が好きだからさ。それ以外にねぇよ。それに、人間が作る酒、人間とするバカ騒ぎ、日銭を稼いで安宿で飲む酒の味……エデンじゃ味わえない経験さ」

「エデン？」

「楽園都市エデン。この世界の中心にある天使の住まう場所だ。あの小綺麗《こぎれい》な感じや人を見下す天使がどうしても好きになれなくてな……同じように天使を嫌う連中と一緒に裏切ったのさ。おかげで『裏切りの八堕天使《ブリューゲル・エイト》』なんて呼ばれるし、聖天使教会の追手が来るし」

「でもあんた、強いんだろ？」

「……十二使徒だったけど、争いは好きじゃない」

「ふーん」

俺は回転式を分解し、掃除をする。

ダニエルは荷物から酒瓶を出し、そのまま飲む。

「っぷは……うめぇ」

「あんま飲みすぎんなよ？」

「ああ。なぁフレア……お前、地獄炎の呪術師なんだろ？　その炎について知りたいこととかないのか？　今なら知ってること教えてやってもいいぜ」

「別にいいよ。この力を極めたいわけじゃないし、炎がなくても戦えるしな」

「欲がないねぇ……ま、いいか。魔神器の真の力も理解してるみたいだし、のびのび使えばいいさ」

「おう。あ、それよりさ、プリムたちがお前宛の手紙持ってるらしいけど」

「……ガブリエルの婆さんからだろ。恐ろしくて受け取れねぇよ」

「受け取ってやれよ。プリム、ダンジョンから出たらお前のこと探し回るぞ」

「……わかったよ。その代わり、こっそり抜き取るからな。オレが堕天使だって知られたくない」

「別にバラしたりしないだろ」

「気分の問題だっつの」

なんか、変な天使だな。敵意はないし、どこか親しみを感じる。

天使がこんな奴ばかりならいいんだけどなぁ。

「さーて、オレは寝るぜ。三時間後に出発だ……ダンジョン踏破、楽しみにしてるぜ」

「ああ。おやすみ」

回転式をホルスターに収め、俺は眠るシラヌイを撫でた。

閑話　待ち人来たりて

「……来るわね」

「ミカちゃん？」

　アメノミハシラ最上層。

　ここは塔の最上層で、階層ではなく屋上のような造りになっていた。

　闘技場のリングのような形で、ミカエルとラティエルの近くには祭壇のような物があり、そこに小さな宝箱が安置されていた。

　ダンジョンにもお宝にも興味のない二人は、ただ待つだけ。

「ラティエル、フレアは近くに来てる？」

「ん、たぶん……ここ、私の能力が上手く作用しないの。『樹《き》』にお願いしてみたけど、詳しい位置はわからないかも」

「そう……ま、いいわ。ここに来てるのは間違いない」

　聖天使教会十二使徒『樹』のラティエル。

　樹木を自在に操る彼女は、大地に根を張る樹木を通して調べものをしたり、様々な種類の樹を生み出すことが可能である。あまり戦闘に適した能力ではないが、防御と索敵に関してはミカエルよりも上だった。

フレアを見つけたのも、建物に加工された木材を通じ、近くの木材から木材、海を越え、樹木を通じてフレアの気配を探知したからである。だが近すぎると探知できないという弱点や、木材が使われていない建物などには樹を生やすことができないという弱点もあった。

ミカエルは、腕を組んで九十九階層へ繋《つな》がる階段を見つめる。

「うん……」

「ん、そうね。じゃあ大人しく見てなさい……あたしとフレアの戦いを」

「わかってるよ。それに、ここじゃ私の力は殆《ほとん》ど使えないから」

「何度も言うけど、手出しは無用よ」

ラティエルは、くすっと笑う。

「……なによ？」

「あ、ごめん。その……ミカちゃん、すっごく嬉《うれ》しそうだったから」

「はぁ？」

「ミカちゃん、まるで恋人を待つ女の子みたい。ふふ、なんだか可愛い」

「はぁぁぁぁ〜〜〜っ⁉　誰が恋人を待つ女の子よ⁉　このこのこのっ‼」

「いたい痛いいたいいっ⁉　ミカちゃんぐりぐりはやめてやめてっ‼」

ミカエルはラティエルをヘッドロックし、頭を拳でぐりぐりした。

◇◇◇◇◇◇

「さて……断罪の続きを始めましょう」

ショフティエルはシャワーを浴び、服を着替え髪もばっちりセットし、ダンジョンに戻ってきた。

ダンジョン前には大勢の人間がいる。

証拠も残さず全てショフティエルが人間を『ページ』に変えたので、ここにいた人間が神隠しにあったと大騒ぎになっていたのだ。

もちろん、そんなことはショフティエルに関係がない。

「おぉ……なんとも嘆かわしい。裁かれるべき人々よ」

ショフティエルの『断罪の書』のページが、また増えた。

「さて……む？　この気配」

ショフティエルは、異様な気配……天使の気配を感じた。

場所はダンジョン最上階。

「ふむ……天使にも断罪が必要ですね。聖天使教会ならなおさら、ふふふ。本のページも増えましたし、十二使徒であろうと私の『断罪』からは逃れられないでしょう」

ショフティエルの背から、漆黒の翼が広がる。

「哀れな天使に断罪を」

向かうのは、ダンジョンの屋上――――。

第十七章　ＢＯＳＳ・聖天使教会十二使徒『炎』のミカエル

九十階層、九十一、九十二……フレアたちは問題なくダンジョンの階層を駆け上がる。

フレアとカグヤ曰《いわ》く『大したことない』だが、フレアたちが異常な強さであって大したことないはずがない。現れる魔獣はＳ～ＳＳレートの魔獣ばかりで、一等～上等冒険者が出会えば死を覚悟して挑むレベルだ。

特異種と地獄炎という能力もあり、現れる魔獣を淡々と処理。

そして、九十九階層の魔獣を倒し終え、最上階に進む。

「なーんか拍子抜け……アタシ、もっと強い魔獣が出てくるのかと思ったわ」

「俺も。ま、こんなもんじゃね？」

「いやいやいや……あのな、この階層の魔獣なんだった？」

「『……でかいウシ』」

「ちっげーよ‼　ＳＳ＋レートの『キングベヒーモス』だっての⁉　国家レベルで危険な魔獣だぞ⁉」

「『ふーん』」

フレアとカグヤは『だからなに？』といった感じでうなずいた。

たしかに、全長二十メートルほどの『でかいウシ』だったが、フレアの第一地獄炎であっさり灰に……いや、灰すら残さず燃え尽きた。

プリムも興奮していた。

「フレアにカグヤ、ほんとうにすごいです!!」

「……バケモノめ。敵だと思うとゾッとするぞ」

「でも、最上階にゃん。お宝にゃん!!」

そう、最上階である。こんなことがあるだろうか。三大ダンジョンの一つ『アメノミハシラ』が、たった数日で踏破されてしまいそうなのである。前代未聞という言葉が実に相応《ふさわ》しい。

ダニエルは頭を掻《か》きながら言う。

「あー、お宝手に入れたらお役御免だな。ま、たった数日だけど楽しかったぜ」

「おう。終わったらパーッと飯でも食おうぜ。おごってやるよ」

「いいね。酒も頼むぜ?」

ダニエルはフレアの肩をポンと叩《たた》く。

百階層への階段がある小部屋から階段を上ると、最上階だ。

ダンジョン攻略が、終わりを迎える────。

「────ん、待て? おい……なんだこの感じっ!!」

「ダニエルさん?」

「どうした?」

「……にゃん。なんかぞわぞわするにゃん」

ダニエルが何かに気付き、プリムとアイシェラが首を傾げ、クロネのネコミミの毛が逆立った。

「……フレア」

「ああ。わかってる……でも、この感じ……知ってる」

階段を上ると、アメノミハシラの最上階。

そこは闘技場のリングのような円形の広場だった。柵などなく、落ちたら地上まで真っ逆さまだ。

その空間の中心に……真紅の髪をなびかせた少女と、深緑の髪を揺らす少女がいた。

「来たわね、フレア」

フレアは知っている。

灼眼《しゃくがん》と真紅の髪、焼き尽くすような闘気をみなぎらせた美少女……。

「み……ミカちゃん」

「ミカちゃん言うなっ!!」

聖天使協会十二使徒『炎』のミカエルが、そこにいた。

「ま、また女の子……フレアの知り合い、可愛い子ばっかりです……あれ？　どこかで見たような？」

「誰？　知り合い？」

「ミカちゃん。天使」

「端折《はしょ》りすぎだ。貴様」

「……や、ヤバい感じがするにゃん」

なぜかプリムがむくれ、カグヤが首を傾げ、アイシェラがフレアを睨《にら》み、クロネがアイシェラの後ろに隠れ……ダニエルは真《ま》っ蒼《さお》になっていた。

「み、ミカエル……嘘《うそ》だろ？　なんでこんなところに」

「待ってたわ。フレア……あたしと勝負しなさい」

ミカエルは指をフレアに突きつける。

「勝負って……戦うのか？」

「当然。聖天使協会の十二使徒を三人も再起不能にしたあんたはもう放ってはおけない。あたしがあんたを焼き尽くす」

「あ、ほんとは『呪術師に手は出すな』って命令なんだけど、ミカちゃんが『あたしがやる』って命令に逆らってここまで来たんだよ～」

「ラティエル!!　余計なこというなっ!!」

「う、嘘は良くないよ？」

「あはは。なんか面白いな、ミカちゃん」

「ミカちゃん言うなっつってんでしょ!!」

ミカエルから炎が噴き出し、全身が燃えた。

まるで、フレアを見ているようでプリムは思わずつぶやく。

「……綺麗《きれい》です」

だが、そんなことはどうでもいいのかミカエルは叫ぶ。

「フレア!!　あんたは聖天使協会最強、『炎』のミカエルが倒す!!」

「……わかった。でもその前に、そこの祭壇にあるお宝だけくれよ。それが目的でここまで登ってきたんだからさ」

「……これ？　いいわよ」

ミカエルは近くの祭壇に安置されていた宝箱をつかみ、フレアに投げた。

意外にも素直で少し驚いたが、宝箱をキャッチしてクロネに渡す。

「持ってろ。それとカグヤ、俺がご指名みたいだし、手を出すなよ」

「……ま、いいわ。アンタが死んだらアタシがやるからね」

「おう」

フレアは軽く準備運動し、前に出る。ミカエルもまた、前に出た。

「どのくらい強くなったのか見てあげる……死ぬ気でかかって来なさい」

「お前こそ、俺の炎で火傷すんじゃねぇぞ？　触れたら最後の地獄炎をな」

「面白いわね。言っておくけど……あたしは殺す気でいくから」

「好きにしな」

ゴォォッ‼　と、フレアとミカエルの身体から炎が噴き出す。

紅蓮《ぐれん》に燃える地獄炎、真紅に燃える天使の炎。

「燃えろ、『火乃加具土命《ヒノカグツチ》』」

「煌《きら》めけ、『焱魔紅神剣《えんまこうじんけん》レーヴァテイン・プロミネンス』」

炎の籠手と、赤く美しい長剣。

魔神器と神器から炎が噴き出し、二人の身体を包み込む。

「呪闘流甲種第三級呪術師ヴァルフレア。俺の炎で火傷しな」

「聖天使協会十二使徒筆頭『炎』のミカエル。地獄炎の呪術師フレア、あんたを焼き尽くす‼」

地獄炎と天使の炎が荒れ狂い、アメノミハシラの最上階で燃え上がる。

◇◇◇◇◇◇

なんとなく、ミカちゃん……ミカエルとは闘いになる予感がしてた。

「おぉぉぉおりゃぁぁぁぁーーーっ‼」

「だらぁぁぁぁぁぁぁぁーーーッ‼」

ミカエルの大剣が振り下ろされ、俺の『火乃加具土命』の拳と正面からぶつかる。

こいつ相手に、他の炎を使う気になれなかった。ミカエルの真紅と俺の紅蓮、どちらが凄まじい業火なのか……白黒つけてみたかった。

ミカエルの剣技は力任せな部分があったが洗練されていた。

振り下ろし、横薙《な》ぎ、打ち上げ。切り払い、袈裟《けさ》斬りと、俺の命を取ろうと迫ってくる。

剣には炎が纏《まと》わり、俺の炎を押し返すような勢いだった……こんなの初めてだ。

ミカエルの剣を拳で打ち返すと、距離を取る。

「『烈火皇《エンジン》』‼」

ミカエルの身体が燃え、真紅の髪が広がった。

炎を増幅させる技か。

「第一地獄炎、『灼熱闘衣《しゃくねつとうい》』」

同じく、俺も全身をさらに燃やす。

炎を増幅させ、ミカエルに向かって走り出す。するとミカエルの背中から翼が広がり、床を滑るように迫ってきた。

右腕を振りかぶる。

ミカエルの剣が燃えあがり、炎を纏った刀身となり俺に向かって振り下ろされる。

「『炎上刃《バルジャンブレード》』!!」

「流の型、『刃流し』……っ!?」

「だらぁぁぁっ!!」

刀身の真横に衝撃を当てて軌道を反らす『刃流し』が、力任せに打ち破られた。

なんと、流した軌道を無理やり修正してきたのである。

「っぐ……っ!?」

「『返し炎上』!!」

なんとか半歩だけ身体をずらしたのも束の間、刃が地面に触れる瞬間、またしても軌道を変えてきた。

振り下ろしが横薙ぎになり、俺の胴を両断しようと迫ってくる。

なんとか右腕の籠手で防御するが、体勢が悪く吹っ飛ばされてしまった。

「いってぇ⁉　っく、強「『烈火十文字斬《れっかじゅうもんじざん》』‼」

地面を転がりなんとか体勢を整えた……次の瞬間、ミカエルの斬撃が来た。

十字に燃える炎の斬撃が、俺の真上から迫ってくる。

右腕を上げて籠手で受け止めると、あまりの衝撃に床に大きな亀裂が入った。

「ぐぅぅっ⁉　このバカ力めっ……‼」

「誰がバカよっ‼　このやろっ‼」

剣を籠手で受け止めたおかげで、ミカエルとの距離が近い。そのため、ミカエルの前蹴りが俺の腹筋に突き刺さる。

だが、それは意味がない。

「……⁉」

「甘い‼　甲の型、『鉄丸《てつがん》』……それにこれは俺の距離だ‼」

「しまっ」

ミカエルの足を掴《つか》み引き寄せる。体勢が崩れた‼

「甲の型、『鉄震甲《てっしんこう》』‼」

「がっ⁉」

『硬《カ》く《タ》な《ク》れ』の呪いを肘に込めた肘撃ちがミカエルの腹筋を直撃。ミカエルの目が見開かれるが、すぐに歯を食いしばり剣を薙ぐ。

だが、この接近戦こそ俺の真骨頂。

「流の型、『刃流し』からの滅の型、『三震撃』‼」

「ぐぁっがっ⁉　この……痛いわねぇぇっ‼」

「おわっ⁉」

剣の軌道を変え、腹・胸・顔を狙った三連続パンチを食らわせるが、ミカエルは笑った。

口から血を流し俺に頭突きをかましてきたのである。さすがにこれはよけきれずモロに喰《く》らう。

「楽しい‼　あはは……楽しくなってきた‼」

「ああ、お前……強いよ」

隙があるようでない。策を巡らせることもなく、ひたすら力と剣と炎のゴリ押しだ。

だが、それが非常にやりにくく……面白い。

気付くと、俺も笑っていた。

「まだまだ勝負はこれから‼　いくわよ……『覇焔烈火皇《ハイブリッドエンジン》』‼」

ミカエルの身体がさらに燃え上がり、真紅の髪が揺れ天使の翼も真っ赤に燃える。

俺は構え、地獄炎を燃やす。こんな言い方はアレだが、火力はきっと低い。

なぜなら……ミカエルに殺意を持てないから。

こいつ、俺を殺す気満々だ。でも……不思議と憎めない。

「へへっ、こんなに戦いが楽しいって感じたの……初めてかもな」

「あたしもっ‼」

拳と剣がぶつかり合い、紅蓮と真紅の炎がぶつかり混ざりあう。

何分経過したかな？　一時間か、二時間か……全く疲れを感じない。

ミカエルと、もっと戦いたい。技を競い合いたい。そんな思いがあふれてくる。

「おぉぉぉぉりゃぁぁぁーーーっ‼」

「ごっはっ⁉　なんのぉぉぉぉぁあぁぁぁぁーーーーっ‼」

「がはっ⁉」

俺の拳がミカエルの顔面に突き刺さり、ミカエルは怯《ひる》むことなく蹴り返す。

いつしか、血も流れていた。

でも……楽しかった。俺は笑みが止まらなかった。

◇◇◇◇◇◇

「まるで炎が戦ってるみたい……」

「……バケモノ同士だな」

「あの赤毛天使、かなりヤバいわね……まだ本気じゃないみたいだし」

「にゃん。ってか暑いにゃん……」

最上階の隅で、プリムたちはフレアとミカエルの戦いを観戦していた。

カグヤは手を出すなと言われていたが……とても手出しなんてできない。普通の人間が近づけば瞬く間に灰に、いや灰すら残らないだろう。あそこはそれくらいの炎が暴れている。

「…………」

「ダニエルさん？」

プリムの陰で小さくなっていたダニエルは、とうとう来たかと腹をくくる。

今、声をかけたのはプリムではない。アイシェラでもカグヤでもクロネでもない。

深緑色の髪をなびかせる少女……ラティエルだった。

「やっぱり!!　ダニエルさんですよね？」

「……さ、さぁ？　誰のことだ？」

プリムたちの視線がダニエルに集中する。

ラティエルはプリムたちに近づき、ダニエルを見た。

「ん～、ダニエルさんで間違いないですよねぇ？　元十二使徒で堕天使の」

「「「え」」」

「ななな、なにバカ言ってんだラティエル!!　オレは……あ」

「「「……ラティエル？」」」

プリムたちの目つきが一気にジト目になった。ラティエルはくすくす笑い、紹介する。

「こちらの方はダニエルさん。元十二使徒で堕天使のお方です」

「だ、ダニエルさんって……あ!!　あの、手紙を預かってます!!　ガブリエ「あーあーあー!!　ガブリエルのババァからの手紙なんて知らん!!　いらん!!」

「だ、だめです‼　お使いですし、ガブリエルさんが心配してます‼」

「心配ねぇ……オレ、あのババァに何されたか知ってる？」

「おい貴様。堕天使ということを隠していたのか」

「そりゃそうだろ……ああもう、仕方ねぇなぁ」

ダニエルは頭を掻く。

「だまして悪かったな。そう、オレは堕天使だよ」

「にゃん……ぜんぜん天使っぽくないにゃん」

「じゃ、アンタは強いの？」

「いやいや、戦い嫌いだからオレ」

「ダニエルさん、すっごく強いですよ～？　かつてアルデバロン様に手傷を負わせたこともあるくらい強い天使なのです」

「めっちゃ馴染《なじ》んでるけど、アンタは？」

「あ、わたしはラティエル。ミカちゃんのお友達で十二使徒の一人です。今は休暇中なんです」

「天使に休暇ってあるんですね‼」

不思議と、ラティエルからは恐怖を感じないプリムたち。いつの間にか、一塊になっていた。

アイシェラは、ラティエルの笑顔を見ながら言う。

「貴方は……ヒトを見下さないのだな」

「うん。わたし、人間のこと嫌いじゃないから。人が作るお料理とかアクセサリー、スイーツとか大好きなの。こんなこと言うと罰せられちゃうから内緒ね？」

「堕天使寄りの思考だぜ？　なぁラティエル、お前もこっちこいよ」

「んー……それは無理。だって」

ラティエルは、ボロボロになりながらも笑みを絶やさないミカエルを見つめる。

どこか慈愛に満ちた、聖母のようなまなざしだった。

「お友達がいっぱいいるから……ね」

プリムは、ラティエルの表情がとても優しくなっていることに気が付く。

見た目は同い年くらい。友達になれる……そんな気がした。

ふと、ダニエルが呟《つぶや》いた。

「……おいラティエル。ここに来たのはお前らだけか？」

「え？　……そうだけど」

ダニエルは、フレアとミカエルの戦いの場から視線を外す。

目を向けた先を追うラティエルも、ようやく気が付いた。

異様な何かが、迫っていた。

「こ、この感じ……うそ」

「閉鎖されたダンジョン内だから気付かなかったぜ……この気配、何か来る」

「え、あの」

「敵ね……ふん、あっちはともかく、こっちはアタシがやっていいのかしら」

「お嬢様、私から離れず」

「にゃん……もう帰りたいにゃん」

ダニエルたちの視線の先に、漆黒の天使がいた。

黒いローブを身にまとい、手には黒い本を持っている。オールバックにメガネをかけた、どこか神父風の男性だった。

「これはこれは。なんと……罪深き人間、呪術師、天使、堕天使が勢ぞろいしているではありませんか!! おお……神は私に試練を与えた!! ああ、断罪の書が震え鳴いている……断罪、裁きを降せと!!」

「え」

ショフティエルが黒い翼と本を広げると、ページが舞い千切れ、天秤《てんびん》のような形になった。

「ふふふ。呪術師と炎の天使よ!! 我が「「おい」」……はい？」

次の瞬間——紙の天秤が一瞬で燃えあがる。

「誰だテメェ……」

「うっさいのよ、あんた……」

地獄炎と天使の炎が、フレアとミカエルの殺気がショフティエルに突き刺さる。

「な、あ、あの」

「勝負の」

「邪魔」

「「すんじゃねぇぇぇぇーーーーーッ!!」」

フレアの紅蓮とミカエルの真紅が絡み合うように放たれ、炎がショフティエルに直撃した。

「ぎぃぃぃぃぃやぁぁぁぁぁぁぁぁぁっ!?」

髪もメガネも服も翼も『黒神器』も一瞬で燃え、黒焦げになったショフティエルは大空の彼方へ飛んで行った。

「しゃぁぁぁぁぁぁっ!!」

「だりゃぁぁぁぁぁぁっ!!」

フレアとミカエルは、何事もなかったかのように戦闘を再開した。

「「「「……………」」」」

「あ、まぁ……うん、よかったんじゃねぇの?」

さすがにラティエルも啞然《あぜん》とし、ダニエルは苦笑しつつ頭を掻いた。

◇◇◇◇◇◇

俺とミカエルの戦いは長く続いている。

切り傷や打撲はあるが、火傷はない。

それはミカエルも同じだ。かれこれ数十分ほど全力で動き、互いの技を受けては躱《かわ》し、いなしては流している。実力が拮抗《きっこう》しているから決定打にならない。

はっきり言う。こんなにも俺とやり合えるのは先生以来だ。

先生には勝てる気がしなかったけど、ミカエルは違う。勝てそうだけど勝てないかもしれない、そんなもどかしさがあった。

俺はミカエルの剣を躱し、顔面を狙う。

「滅の型、『百花《ひゃっか》──────「『羽炎《はえん》』!!」

ミカエルの翼の一つが燃え上がり、羽の形をした炎が飛んできた。

百花繚乱《りょうらん》をキャンセルし、『火乃加具土命』でガードする。

この攻撃の後、俺とミカエルの距離が空いた。

互いに肩で息をしている……ぶっちゃけ、超疲れた。

「ねぇ……このままじゃ埒《らち》が明かないわ」

「だな……」

「まだ奥の手あるんでしょ?」

「かもな」

「あたしもある。ここは出し惜しみしないで、最強技でケリつけましょ……どう?」

「……いいぜ。いいかげん疲れたし、腹も減った。それに……やることもあるからな」

「決まりね」

ミカエルは天使の翼を広げて上空へ。自身の愛剣を掲げ、強力な熱を纏わせ始めた。

熱だけではない。アメノミハシラ最上階をすっぽり覆いつくせそうな炎がミカエルから発せられ、炎が上空で巨大な玉となり、さらに巨大化していく。

「な、なんだこれ。すっげぇえ……」

俺は、その光景に見惚《みほ》れた。

この炎が直撃すれば死ぬ。俺だけじゃなくてプリムたちも死ぬ。

なら……俺も本気を出そう。殺すのではなく、打ち破るための炎を。

「黄昏《たそがれ》の世界より来たりし我が炎。第一地獄炎の魔王『火乃加具土命』よ」

魔神器が燃える。紅蓮の炎が巻き起こる。

ミカエルの炎に負けない紅蓮の炎が舞い上がり、形を成していく。

それは、巨大な全身鎧《よろい》。『火乃加具土命』の真の姿。

「第一地獄炎『火乃加具土命』・魔神解放《オーバードライブ》!!　『火乃加具土命・煉獄絶甲《れんごくぜっこう》』!!」

俺が構えると、炎の鎧も構えを取る。

ミカエルが剣を掲げ……その表情は笑み。

「勝負!!」

「来い!!」

これが、全身全霊を込めた最強最後の一撃。

ミカエルが真紅に輝きながら、集めた炎を解き放った。

「『炎の聖天使《ミカエル》・気焱万丈《ノウヴァブレイズ》』!!」

まるで太陽。

小さな太陽が、このアメノミハシラ最上階に落ちてきた。

圧倒的熱量だ。俺ですら熱さを感じる。

「焼き尽くせぇぇぇぇぁぁぁぁぁぁーーーーーッ!!」

「ああ――――……すっげぇ綺麗な炎だな」

俺は飛んだ。ミカエルを打ち破るために。太陽を焼き尽くすために。

「第一地獄炎、極限奥義!! 『真・灼熱魔神拳』!!」

煉獄絶甲の拳とミカエルの太陽が、正面からぶつかる。

俺の地獄炎、ミカエルの天使の炎。紅蓮と真紅がうねり、絡み合い、焼き尽くし合う。

◇◇◇◇◇◇

圧倒的な熱量は、アメノミハシラ最上階にも影響を与えていた。

「あ、あつぃ……ですぅ」

「これは……死ぬかもしれん」

「あいつ……負けたら、殺す」

「あ、熱い……うにゃ」

「ミカちゃん……頑張って!!」

「……お、おい、なんかおかしいぞ」

異変に気付いたのは、ダニエルだった。そしてクロネも気付く。

プリム、アイシェラ、カグヤ、ラティエルは上空を見上げていたので気付かなかった。

そして、気付いたときにはもう────遅かった。

「離れろっ!!　転移魔法陣が誤作動────」

「にゃっ!!」

クロネが跳躍、プリムが気付いた瞬間にはもう遅かった。

足下に魔法陣が展開していた。本来はこの階層から一階に降りるための物なのだろう。だが、魔法陣が熱の影響を受けて酷《ひど》く歪《ゆが》んでいたのである。

アイシェラ、カグヤ、ラティエルも気付いた。だが、もう遅い。

「────クロネっ!!」

「にゃっ!?」

クロネの身体が一瞬だけ輝き────プリムたちは光に包まれ、どこかへ飛んで行ってしまった。

◇◇◇◇◇◇

ミカエルの太陽、俺の拳。

少しずつ、少しずつ……煉獄絶甲が太陽に飲み込まれていった。

「つぐ、ぬぬぬぬぬ……っ!!」

「だぁらぁぁぁッ!!　あたしの炎がぁぁぁぁぁーーーッ!!　最強ぉぉぉぉーーーーッ!!」

体力も限界に近い。

それはミカエルも同じだ。だから……ここからは根性だ。

俺は燃やす。炎を、勝ちたいという意志を。

「煉獄絶甲っ……!!　焼き鳥、お前の炎はこんなんじゃないだろ……っ!!」

ミシミシギシギシと煉獄絶甲が軋《きし》む。

魔神器って壊れるのか？　知らないけど……この軋みはヤバい。

焼き鳥は言っていた。地獄の炎は最強だって。天使なんかに遅れは取らないって。

でも、ミカエルの炎はすごい。負けるかもしれない。

「勝つ!!　俺がぁぁぁぁ!!　地獄炎がぁぁぁぁーーーッ!!　勝ぁぁぁぁぁっつぁぁぁぁぁーーーーッ!!」

心を燃やせ、意志を燃やせ、勝利への道を燃やせ!!

「なっ……────」

「がぁぁぁぁぁぁぁぁぁーーーッ!!」

ミカエルの太陽に亀裂が入る。煉獄絶甲に亀裂が入る。

俺は、残された全ての力を身体に注ぎ込み……自らの右腕を太陽に叩き込んだ。

「滅の型、『極《きわみ》』!!　『破戒拳《はかいけん》』!!」

滅の型、その奥義。放たれれば最後。衝撃が全身を駆け巡り全てを破壊する。それが滅の型の『極』である『破戒拳』だ。

究極の打突で、撃ちこむと同時に全身の呪力を体内に送り込み爆破させる。老若男女問わず当たれば即死。防御しても無意味。対処法は躱すしかない。

ミカエルの太陽に打ち込んだのは明確な理由があったわけじゃない。人体以外で試すのは初めてだったけど、俺の呪力を送り込んだ太陽は一気に霧散した。

「なっ⁉」

「勝機ぃぃぃぃぃぃっ‼」

煉獄絶甲が俺の背後にいるので、俺はそれを足場に跳躍。

ミカエルは、全身全霊を込めた技が破られ、反撃する力も残っていないようだった。

「おぉぉぉぉりゃぁぁぁぁーーーーっ‼」

「────」

ミカエルは、ほんの少しだけ笑い────。

「あんたの勝ちよ」

「ああ、楽しかったぜ」

俺の拳がミカエルの顔面に突き刺さり、決着を付けた。

◇◇◇◇◇

俺はミカエルを空中でキャッチし、そのまま床へ着地した。

「はぁ〜〜……勝利。こんなに疲れたの初めてだぜ」

ミカエル、かなりボロボロだ。

服が燃え、天使の翼も黒焦げだ。全身傷だらけで酷い有様になっている。

ま、俺も似たようなもんだ。

「う……」

「お、大丈夫か？」

「……ななっ⁉　は、離せ‼」

「おう。ほれ」

ミカエルを離すと、フラフラとして倒れそうになった。なので支えてやる。

「敗者に情けをかけるつもり……」

「そんなんじゃねぇよ。それより、大丈夫か？」

「平気よ……っつ。あーあ、負けちゃった……こりゃどやされるわね」

「なんでだよ？」

「あんたに勝手に喧嘩《けんか》売って負けたのよ？　聖天使教会最強のあたしが負けたなんて知られたら」

「別にいいじゃん。それより、また戦おうぜ。お前との戦い、すっげぇ熱くなれたし楽しかった‼」

「……うん、あたしも」

「へへ。あ、そうだ。怪我したしプリムに治してもらおうぜ」

「プリム？」

「ああ、俺の友達。怪我を治せるんだ」

と、プリムたちのいた場所を見ると、そこには────。

「あれ？」

プリムがいない。アイシェラ、カグヤもいない。

いるのはクロネ、ダニエル、そしてシラヌイだけ。

「……ラティエル？　あれ、ラティエル？」

「いないぜ」

ダニエル、クロネが俺とミカエルの傍にきた。

いない？　ま、まさか……さっきの戦いで燃えちまったのか⁉

「転移魔法陣だ……」

「へ？」

「転移魔法陣が誤作動を起こして飛ばされた。恐らく、お前とミカエルの炎が魔法陣の魔法式に影響を与えたんだろうぜ」

「ら、ラティエルは……まさか、ラティエルも⁉」

「ああ。オレたちは見た。お嬢ちゃんたちとラティエルが、転移魔法陣で飛ばされる瞬間をな」

「ど、どこによ‼」

「……恐らく」

ダニエルは明後日の方角を見た。クロネも同じ方向を見て、ぽつりと言った。

「あっちの方角……ブラックオニキス王国へ飛んで行ったにゃん」

「なんだ、場所わかるのかよ。よし、届け物したら行くぞ。ようやくプリムと再会できたのに、また離れ離れとか嫌だしな」

「「「……」」」

「なんだよお前ら……」

「あんた、知らないにゃん……ブラックオニキス王国のこと」

「なんだよ？」

「あそこは、吸血鬼の国にゃん」

「だから？　とりあえず下に降りようぜ。ダニエル。あー、ミカエルはどうする？」

「…………」

「フレア、聞け」

ダニエルは、俺の肩に手を置いた。なんだよ一体。さっきからわけわかんないな。

「吸血鬼はやばい。いいか、ブラックオニキス王国はイエロートパーズ王国よりも危険だ」

「？？？」

「吸血鬼、龍人《りゅうじん》の二種族は、天使ですら手が出せない種族なんだよ。上位の吸血鬼は十二使徒クラスの強さを持つ。それに……吸血鬼の食事は『人間』だ。若い女なら極上の食材でもある」

「……は？」

「自殺行為だ。いくらお前が地獄炎の呪術師でも、吸血鬼相手じゃ分が悪い」

「わかった。じゃあ行ってくる」

「話聞いてた⁉」

ダニエルのツッコミを無視する。危険とか分が悪いとか、聞き飽きた。

「よくわかんねーけど、迎えに行ってやらないとな」

「おま……はぁ、もういい。好きにしな。オレの契約は終わりだ」

「ああ。いろいろありがとな、奢《おご》りの約束は、みんなと合流してからでいいか？」

「ああ……ま、楽しかったぜ」

ダニエルとはここでお別れだ。別に同行とか期待してなかったし、後腐れないほうがいい。

そして、クロネだ。

「クロネ。お前は」

「行く。あいつ……プリムには借りがあるにゃん」

自分の首をそっと撫《な》でるクロネ。

「あいつ、転移前にうちの『首輪』を外したにゃん。あいつから一定の距離以上離れると発動する首輪……馬鹿にゃん。自分のことより、うちのことを……だから、借りは返すにゃん」

「よくわかんねーけどわかった」

「……お前に理解は求めてないにゃん」

クロネは同行。そして、ミカエル。

「お前はどうする？」

「は？　あたしの力を貸せって？」

「いや、友達迎えに行かなくていいのか？　方角は同じだし一緒に行くか？」

「ちょ⁉　て、天使と一緒に行くにゃん⁉」

「別にいいだろ。それに俺、こいつのこと嫌いじゃないし。むしろ好きかも」

「「はぁぁぁぁっ⁉」」

「うるさっ」

ミカエルとクロネが同時に叫ぶ……なになに、変なこと言ったか？

「で、どうする？　一緒に行くか？」

「……ま、いいわ。翼もやられてるから飛べないし、一人じゃエデンにも帰れないし。それに、ラティエルを巻き込んだのはあたしだし……迎えくらい行かないとね」

「じゃ、決まり。三人でブラックオニキス王国へ行くぞーっ‼」

「なんで楽しそうなのかわかんにゃい……」

「はぁ、お腹減ったわ……まずは食事とシャワーね。あと、必要以上に馴れあうつもりはないから」

「はいはい。あ、クロネ。ダンジョンのお宝あるか？」

「これにゃん」

「おう、ありがとな」

一応、ブリコラージュの依頼を果たすか。いろいろ言いたいことはあるし、許せない悪行をしている奴だけど。

クロネが持っていた宝箱を開けると、一冊の本が入って……え。

「にゃん？　古臭い本だにゃん……これがお宝？　しかも変な字にゃん」

「この字、どこかで……フレア、知ってる？」

「…………」

クロネとミカエルが俺の手元を覗《のぞ》き込み質問するが、俺は聞こえていなかった。

「……なんてこった」

これが、ダンジョンのお宝か……くそ。

第十八章　無限の地獄にて天寿を全うせよ

ダンジョンから出ると（目立たないようにこっそり最上階から飛び降りた）、ダンジョン周辺は大勢の人で溢《あふ》れていた。何事かと聞くと、なんでも神隠しがあったらしい。このダンジョン周辺に来た人が、忽然《こつぜん》と姿を消してしまったのだとか。

「何があったんだろう？」

「さぁね」

「にゃん……怖い気配、消えたにゃん」

「……うし。じゃあオレはここで失礼するぜ」

ダニエルが俺たちから離れ、振り返る。

「楽しかったぜ。またダンジョンに挑戦するときは雇ってくれ」

「ああ。でも、もうこんなのは懲り懲りだけどな」

「違いない。ミカエル、オレのことは黙っててくれよ？」

「……ま、いいわ。それどころじゃないし、聖天使協会に戻ってる暇もないしね」

「ネコミミちゃんも、元気でな」

「クロネ!!　ちゃんと名前で呼ぶにゃん!!」

『わんわんっ!!』

「ワンコも元気でな」

報酬はすでに渡してあったが、ここまでのお礼に大金貨を一枚渡した。

ダニエルは『お、いいね。今日はとことん飲めるぜ‼』と喜び、軽く手を振って消えていく。

どこまでも堕天使っぽくない、まるで人間のような奴だった。

「ダニエル。あいつ、ああ見えて頭が回るのよ。ズリエルの前任で事務仕事してた時なんてそりゃもう真面目で」

「真面目ねぇ……なんか軽そうなやつだったけどな」

「そんなことどうでもいいにゃん。これからどうするにゃん？」

「まずは依頼を果たす。その前に……着替えとメシだな。ミカエル、お前荷物とかあるのか？」

「あるけど、全部魔法の袋に入ってるわ。シャワー浴びたいから宿に行くわよ」

「お、おお。天使も宿とか使うんだな」

「当たり前でしょ。というか、生活に関しての水準なら人間のが高いわよ」

俺、クロネ、ミカエル、シラヌイという異色のパーティーは、イエロートパーズ王国の定期便に乗って戻ってきた。ミカエル、普通に荷車に乗ってたから驚いたよ。さっきまで俺と殺し合いをしてたのに。やっぱり、憎めないんだよなぁ。

俺の泊まっていた宿へ戻ると、ミカエルはさっさとシャワーを浴びに、クロネも装備を整えるとかで出ていってしまった。

俺もやることがあるのでさっそくとりかかる。

テーブルの上には、ダンジョンの秘宝……古ぼけた本が置いてあった。

それから十分後。ミカエルがシャワー室から出てきた。

着替えたのか服が新しくなっているし、あれだけ殴ったのに怪我もさっぱり消えていた。

「はぁ～さっぱり。ん、なによ?」

「いや、怪我……治ってるのか?」

「外面はね。中身はボロボロだし翼も焼けちゃってるから飛べないわ。顔とか身体が傷だらけだと弱く見られるしね」

「ふーん」

「で、なにやってんの?」

「ああ、いろいろ仕込みだよ」

「……よくわからないけど、ブラックオニキス王国に行くなら早めに出るわよ」

「わかってる。明日の早朝には出発するよ。それくらいはいいだろ」

「わかった。それと、今回は戦力的な意味で同行してあげるけど、あたしとあんたは敵同士。たまたま利害が一致したってことだけは忘れないでね」

「はいはい」

俺もシャワーを浴びて着替えを済ませ、装備を点検した。

ミカエルの奴、一人でさっさと食事してすぐに寝てしまった。まぁ夕方だし仕方ない。

そして、クロネが帰ってきた。

「ただいまにゃん。旅の準備ができたにゃん」

「よし。俺も用事を済ませてくる」

「……特級冒険者のところに行くにゃん？」

「ああ。依頼品を渡さないとな」

「…………」

「なんだよ？」

クロネは、ぼそぼそとしゃべり始めた。

「……特級冒険者序列第四位、ブリコラージュ。奴は獣人の命を道具として使ってるにゃん」

「…………」

「うちは、この国の出身で……故郷も近くにあったにゃん。でも、魔法実験で使う道具の調達で獣人狩りが行われて、故郷も家族も失ったにゃん」

「…………」

「たまたま逃げ出せたうちを拾ったのが暗殺者《アサシン》で、そのまま暗殺者として育てられたにゃん。仕事をこなしているうちに故郷や家族のことも忘れて……この国に戻ってきたのに、なにも感じない。うちの心はもう、死んでるにゃん」

「…………」

「でも、お願いにゃん。ブリコラージュ、奴を……」

クロネが何を言うのかわかった。でも、クロネが言う前に俺は否定する。

「殺さないよ」

「……わかってる。今のは忘れてほしいにゃん」

「ああ。俺は依頼を果たす。ブリコラージュは殺さない。あいつは天寿を全うして死ぬべきだ」

「…………」

クロネは俺から目をそらし、小さくうなずいた。

◇◇◇◇◇◇

魔法学園の守衛に俺が来たことを伝えると、すぐに理事長室へ案内された。

以前はカグヤと一緒だったが今はいない。シラヌイはなぜかミカエルに懐いていたので、完全に俺一人だ。

「よく来てくれた。依頼を果たしてくれたようだね」

「……まぁな」

「おや、あの活発そうな少女がいないね？　死んだのかい？」

「…………」

「まぁいい。ふふ、どうやら嫌われているようだ。さっさと依頼を果たしてくれ。私も実験で忙しいのでね」

「……実験？」

「ああ。きみが持ってきてくれたアナンターヴァイパーの素材があるだろう？　それを使った投薬実験をしているのさ。呪術とは呪い。毒物のようなもの。ちょうど新鮮な素材が入ってきたのでね」

「新鮮な素材……獣人か」

「ああ。近くの集落に隠れ住んでいたようだ。まだ若いし体力もある。子供の方はすぐに死んだが、大人の獣人の体力ならいいデータが手に入る。また呪術の深淵《しんえん》に一歩近づいたよ」

不思議と、頭が冴《さ》えていた。

『こんな力、別に欲しくなかったんだけどね――』

『どうせなら、外を元気に走れる力が欲しかったな――』

『ねぇフレア？　あなたのお話を聞かせて――』

頭の中に、優しい表情の女性……ヴァジュリ姉ちゃんの顔が浮かぶ。

「あんた、なんで呪術を欲しがるんだ？」

「決まっている。最強最悪の力だからさ。天使ですら恐れた力。この世界を破滅させかねない力。ふふ、この力を誰でも使えるようになれば、天使たちの支配から解放される日が来るだろう。研究にはまだまだ時間が必要だがね」

「…………」

とても楽しそうだった。

外見は同世代くらいの少女だが、中身はドロドロに濁った糞《くそ》だ。

俺は本を取り出し、机の上に置く。

「これが秘宝だ」

「おお……おお!!　間違いない。これは呪術言語……呪術師にしか読めない言語。ふふ、解読は全く進んでないが、いずれ解読してみせよう!!　ああ、報酬を支払おう。少し色を付けてやる。死んだ仲間の分も支払って」

「蝕《むしばみ》の型、『極《きわみ》』――――『無限地獄天寿全《キミシニタマフコトナカレ》』」

俺は手を伸ばし、ブリコラージュの手にそっと触れた。

◇◇◇◇◇◇

「ただいまー」

「あ、帰ってきたにゃん」

「……何してたの？」

「依頼を果たしただけだよ。さぁて、メシでも食いに行くか」

「うちも行くにゃん。お腹へったにゃん」

「あたしも」

「クロネはともかくお前は食べただろ……」

「うっさいわね。いちいち」

「カグヤみたいなやつだな……しばらく騒がしくなりそうだ」

宿の外に出て飲食店街へ向かうと、フリオニールたちと出会った。

「お、フレアじゃないか‼」

「やあ。これから食事かい？　ボクたちはもう終わったよぉ」

「あれ？　カグヤさんは？　そちらの方たちは？」

フリオニール、ラモン、レイラ。

魔法学園の新入生。この国でできた友人たちだ。

クロネはフードをかぶり、ミカエルはどうでもよさそうに欠伸してる。

「カグヤはその……ちょっと依頼でさ、ダンジョンにいるんだ」

「そうなのか。なら伝えてくれ、また食事を共にしようと」

「ボクたち、これから寮に戻るんだぁ。またね」

「では、失礼します‼」

「ああ……みんな、またな」

フリオニールたちを見送った。今度は、カグヤだけじゃなくプリムたちも連れていこう。

「さ、ご飯食べるわよ」

「ああ。肉食べたい。お前との闘いでだいぶエネルギー使ったからな」

「うち、魚がいいにゃん」

出発は明日。イエロートパーズ王国最後の夜だ。

閑話　それぞれの終焉《しゅうえん》

「ば、バカな!!　……わ、私が、この、ショフティエルが……神の代弁者が!!」

ショフティエルは火傷だらけの身体を引きずり、ダンジョン郊外の森を歩いていた。

フレアとミカエルの炎が直撃し、何もしてないのに敗北した。というか、相手が悪すぎた。

「おのれ……傷を癒したあと、この借りは「ああ、無理だね」……あ？」

ショフティエルの正面に、一人の男が立っていた。

どこにでもいそうな男だった。

その辺の武器防具屋で売ってそうな安っぽい装備。無精ひげを生やした三十代半ばの男だ。

だが、ショフティエルにはすぐにわかった。

「あ、あなたは天使!!　いえ、堕天使ですか!!　ははは、ちょうどいい!!　我が復讐《ふくしゅう》の手助けを!!」

「………………」

「我が組織と堕天使は敵対関係にあらず!!　あなた方堕天使にとって聖天使協会は邪魔な存在のはず!!　ぜひともお力を「やっかましいなぁ」……え？」

ダニエルは苦笑し――――本気の殺意を見せた。

「あんたさ、人間を何人殺した？　オレや天使にちょっかい出すならいいけどよ……お前が殺した人間の中に、オレのダチがいっぱいいたんだわ……久しぶりに頭に来てるぜ」

「え、あの？　なぜ？　人間とは裁かれる存在」

「じゃあオレは……お前を裁くわ」

ダニエルは地面に向けて手をかざす。すると、大地が隆起し、巨大な石斧《せきふ》が現れた。

推定数トンはありそうな石斧を片手でつかむダニエル。

「ひ、あ、あ……」

「死ねよ、ゴミ野郎」

「あぁぁぁぁぁぁぁーーーっ!!」

ぶちゅり。

石斧で叩《たた》き潰されたショフティエルは、あっけなく即死した。

ダニエルは石斧を投げ捨て、ショフティエルの死体を地面の奥深くに埋める。

「さーて……弔い酒でも飲むか」

元・聖天使協会十二使徒『地』のダニエルは、その場を後にした。

◇◇◇◇◇◇

ショフティエルが潰される様子を、遥《はる》か上空で見ている黒天使たちがいた。

ラハティエルは、ショフティエルが潰される瞬間を見ていたが、いつもと変わらないのんびりした声色で言う。

「いいの？　マキエル？」

「ええ。ショフティエルさんはもう必要ありません。ＢＯＳＳからの命令です」

「はーい」

「ラハティエルさん。ワタクシたちも帰りましょうか」

「ん。おなかへった」

「では、帰る前に食事と行きましょうか」

二人の黒天使は、近くの町に向かって飛んでいった。

◇◇◇◇◇◇

「う、おっげぇぇぇぇぇーーーっ!!　はぁはぁはぁ……うげぇぇっ!!」

ブリコラージュは嘔吐《おうと》した。

発熱、嘔吐、悪寒が止まらない。

四肢には発疹《ほっしん》もでて震えが止まらず、喉が腫れあがり会話も食事もままならなかった。

「あぁぁ……ぐるじ……にゃ、だごれ……ヴぁ」

突き刺すような頭痛に立つことができず、身体を引きずりながら理事長室を這《は》いまわる。

視界もぼやけ、ちかちかした。

体調が悪いどころではない。命の危機すら感じる異常が起きていた。

『これが呪術だ』

ブリコラージュは、先ほどの少年の姿を思い出す。

『あった。これがお前の持ってるダンジョンのお宝か……うん、やっぱりそうだ。これは呪術言語で書かれた日記だよ。俺の師匠、ヴァジュリ姉ちゃんが書いた日記だ』

ブリコラージュが保管していたダンジョンの秘宝が奪われた。

『どうせ聞こえてないだろうし教えてやるよ。お前にやったこれは俺が書いた本な。ムカつくから適当にお前への罵詈雑言《ばりぞうごん》を書いたから、解読してびっくりだぜ？　悪いけど、本物の「宝」は渡せないね。まさか、ヴァジュリ姉ちゃんの日記がお宝とは……これは、俺が供養するよ』

フレアが何かを喋《しゃべ》っているが聞こえない。わけがわからない。

全身が紫色になり、ブツブツが全身に広がっている。嘔吐も繰り返し喉が痛い。

『もうどうしようもないけど教えてやる。お前に掛けたのは蝕《むしばみ》の型、「極《きわみ》」の呪術。本当に呪ってやりたい相手にだけ使えって言われたんだ。先生曰《いわ》く、「本気で呪いたい奴に死は温《ぬる》い、天寿を全うするまで苦しませるのがいい」って。あ、先生は呪闘流の先生な。この話を聞いたヴァジュリ姉ちゃんは苦笑してた』

何を言っているのかわからない。

『お前が死ぬまでその苦しみは続く。ちなみに、「死の拒絶《シナナズ》」の呪も込めてあるから、自殺もできないし、首を切断しようとしても呪力で防御される。解放されるには天寿を全うするしかないってことだ』

死にたい。苦しい。呪術の恐ろしさ。

『ヴァジュリ姉ちゃんが言ってた。呪術は軽い気持ちで使うもんじゃないって。人を呪うということは、呪われた人にしかできないって。ま、俺も、呪術師の村のみんなも、呪術を習う前に呪われることから……あー、思い出したくないからいいや』

死にたい、死にたい、死にたい。

『これに懲りたら、もう獣人を使った実験は止めるんだな。じゃあ、天寿を全うしろよ～♪』

死にたい。死にたい。死ねない……。

エピローグ

後日談。

特級冒険者序列第四位ブリコラージュが、原因不明の奇病に侵されたと通達があった。

症状は様々で、喋《しゃべ》ることも筆談することもできない。医師や薬師は匙《さじ》を投げ、魔法学園の理事長の私室で隔離状態となった。

ブリコラージュなくして魔法研究所は呪術の研究が続行不可能となった。

獣人たちは解放され、魔法研究所は『呪術』というテーマを廃止し、魔道機関と魔法の組み合わせの研究を始めることになる。

噂《うわさ》では、ブリコラージュは呪術師の怒りに触れたとかなんとか……食事も水も摂っていないのに弱る気配がなく、苦しみだけが延々と続いている。手首や首を短剣で斬っても切れず、突き刺したり毒薬を服用しても一切効果がなかった。

フレアたちは、陸路でブラックオニキス王国を目指すことに。

馬車などの定期便などあるはずもない。危険なデスグラウンド平原を越えていく以外にないのである。もちろん、フレアとミカエルに異論はなかった。

クロネは、フレアに聞いた。

「……あんた、何かしたにゃん？」

「ん、まぁな」

何か。それが何を示すのか、聞かなくてもわかった。

クロネはフレアの腕にそっと寄り添い、顔を腕に擦り付けた。

「ありがと、にゃん」

「おう。なんだお前、猫みたいだな」

「ふん……」

だが、すぐに離れてしまった。

イエロートパーズ王国の北門から、デスグラウンド平原へ出る一行。

「あっちにまっすぐ行けばブラックオニキスの領土ね」

「ん、わかった」

「……はぁ。危険地帯だらけにゃん。うち、こんな危険な冒険したくにゃい……にゃん」

こうして、フレアとミカエルとクロネという異色のパーティーは、吸血鬼の王国ブラックオニキス目指して旅立つのであった。

あとがき

お久しぶりです。バイクとソロキャンプが趣味のさとうです。

この度は、地獄の業火三巻を手に取っていただき、誠にありがとうございます！


この巻では、フレアとカグヤが魔法使いの国で大暴れします。魔法使いの学園で戦ったり、ダンジョンや超危険地帯の魔獣相手に戦ったり、バトル多めとなっています。

見どころは、やっぱりフレアとカグヤのコンビでしょうか。三巻では、カグヤのサービスシーンが多めとなっていまして、鍋島先生には感謝しかありません！

男女の二人旅（あとワンコ一匹）だといろいろありそうですが、カグヤとフレアの間にはそういうの絶対にないと思います……あの二人、「面白いこと」と「戦い」と「美味《うま》いモノ」しか見えてませんので。まぁ、フレアはともかくカグヤは、ある程度の「異性」を感じていると思います。例えば、ドレス姿を褒められて照れたり……この辺は、書き下ろしを読んで感じてください。


カラーイラストのプリム。どうでしょうか？　髪を切り、衣装を変えて冒険者風となっています。ロングヘアもいいけど、ショートヘアのが個人的には気に入ってます。

そして、この巻に登場する新キャラ、ダニエルとショフティエル。いやー……ラーファルエルもですが、眼鏡キャラ（男）っていいですよね。僕は男ですが、男の眼鏡キャラが大好きです。

さらに、エロい格好のブリコラージュ。彼女はいろいろと病んでいる感じがまたいい！

そして、最大の敵である炎の天使ミカエル！　カラーで佇む彼女がまたカッコいい！


ここで宣伝を。

講談社アプリ「マガポケ」でコミカライズ絶賛公開中！　コミックスも好評発売中です！

宮城森成先生が描くフレアの冒険をぜひご覧ください！


最後に、この作品に関わった出版社の皆様に感謝を。

イラストレーターの鍋島テツヒロ先生。素晴らしいデザインをありがとうございます！

またどこかで出会えることを願いつつ。これにてあとがきを終わらせていただきます。

マガポケ
連載中!
イズ版
大好評発売中!!!
週マガKCDX

漫画／宮城森成　原作／さとう　キャラクター原案／鍋島テツヒロ
さとう書き下ろし小説&
鍋島テツヒロ描き下ろしイラストを
毎巻収録！
コミカラ
既刊5巻、13万部突破！
地獄の業火で焼かれ続けた少年。最強の炎使いとなって復活する。

Kラノベブックス

地獄《じごく》の業火《ごうか》で焼《や》かれ続《つづ》けた少年《しょうねん》。最強《さいきょう》の炎《ほのお》使《つか》いとなって復活《ふっかつ》する。3

さとう

2021年11月30日第1刷発行

発行者	森田浩章
発行所	株式会社 講談社 〒112-8001　東京都文京区音羽2-12-21
電　話	出版　(03)5395-3715 販売　(03)5395-3608 業務　(03)5395-3603
デザイン	AFTERGLOW
本文データ制作	講談社デジタル製作
印刷所	豊国印刷株式会社
製本所	株式会社フォーネット社

KODANSHA

ISBN978-4-06-526015-9　N.D.C.913　287p　19cm
定価はカバーに表示してあります

ファンレター、
作品のご感想を
お待ちしています。

あて先
〒112-8001　東京都文京区音羽2-12-21
(株) 講談社　ラノベ文庫編集部 気付
「さとう先生」係
「鍋島テツヒロ先生」係

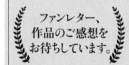

Kラノベブックス

劣等人の魔剣使い1〜3
スキルボードを駆使して最強に至る

著:萩鵜アキ　イラスト:かやはら

次元の裂け目へと飲み込まれ、異世界に転生した水梳透。
転生の際に、神様からスキルボードという能力をもらった透は、
能力を駆使し、必要なスキルを身につける。
そんな中、魔剣というチートスキルも手に入れた透は、
強大なモンスターすらも倒す力を得たのだった。
迷い人――レベルの上がらないはずの“劣等人”でありながら
最強への道を駆け上がる――！
小説家になろう発異世界ファンタジー冒険譚！